눈치 없는 평론가

대중음악의견가
서정민갑이 쓰고, 듣고,
생활하는 법

서정민갑 지음

눈치 없는 평론가

오월의봄

대중음악 평론하며
살아가기

대중음악평론가, 아니 대중음악의견가로 살아온 지 올해로 19년째. 아직도 음악을 듣고, 공연을 보고, 대중음악계의 갖가지 현상들을 챙기기에 하루는 너무 짧다. 날마다 나오는 음반과 음원은 왜 이리 많고, 공연들은 왜 이리 잦은지, 해도 해도 날마다 새로운 숙제가 쏟아지는 느낌이다.

　　다른 사람들은 하고 싶은 일을 하니까 좋겠다고, 날마다 음악 듣고 공연 보고 좋아하는 음악인들 만나니까 좋겠다지만 그게 일이 되면 문제가 달라진다. 어찌 되었건 이름을 걸고 직업으로 하는 일은 잘해야 하고, 이 일로 생계를 유지할 수 있어야 한다. 이 일을 잘하려면 계속 많은 음악을 듣고, 가능한 여러 공연을 보고, 이런저런 공부를 해야 한다. 그런데 자율적으로 하는 일이 생계유지를 위한 수입과 직결되지 않으면 생계유지에 필요한 일을 병행할 수밖에 없다. 다행히 생계를 위해 하는 일이 전혀 다른 쪽 일은 아니고 대체로 음악이나 예술과 관련돼 있지만, 어쨌든 온전히 음악평론만으로 생계를 유지하지 못하는 상황에서는 음악평론을 계속하기 위해 다른 일을 하지 않을 수 없다.

　사실 대한민국에서 음악평론만으로 생활이 가능한 사람은 10명도 되지 않는다. 원고를 써봐야 200자 원고지 한 장에 1만 원 이상 고료를 받기 어렵고, 청탁 역시 그리 많지 않기 때문이다. 매달 고정으로 쓰는 원고와 비정기적 청탁을 받아서 쓰는 원고 수입만으로 최저생계비를 넘기려면 원고지 15매 분량의 원고를 15편 이상 써야 하는데, 매달 이렇게 많은 원고를 쓰려면 죽어날 뿐 아니라, 이만큼 긴 분량을 청탁하는 매체도 별로 없다. 이 정도로 많은 원고 청탁을 계속 받는 대중음악평론가는 내가 아는 선에서는 아무도 없다.

　그 결과 대중음악평론가라는 직업을 가진 사람 자체가 적다. 이 일을 하는 이들은 심사, 강의, 방송 출연 등등 들어오는 대로 일을 하거나 별도의 직업을 가질 수밖에 없다. 상황을 모르는 이들은 텔레비전이나 언론에서 인터뷰를 하면 수고비를 제법 받는 줄 알지만, 그런 일에 수고비를 받는 경우는 거의 없다. 그냥 선의로 도와주는 경우가 대부분이고 부탁하는 쪽에서도 그게 당연한 줄 안다. 그러다보니 돈을 벌기 위해서가 아니라 '지속가능한 평론질'을 하기 위해서라도 인터뷰 요청이 오면 먼저 수고비가 있는지, 얼마인지 물어보게 된다. 그냥 한마디 해주면 될 걸 깐깐하다고, 별것도 아닌데 돈 밝힌다고 할 수도 있겠지만, 그들이 요청하는 코멘트를 계속 잘하기 위해서라도 분명하게 요구할 수밖에 없다.

무엇보다 이 일은 4대보험 적용이 안 되는 일이다. 의료보험은 고사하고 최저생계비도 안 되는 수입에 퇴직금이 없는 일이고, 어딘가에 고용되어 일하는 직종이 아니니 산재급여나 실업급여도 못 받는다. 가장 큰 두려움은 언제까지 할 수 있을지 알 수 없다는 사실. 아무리 생각해봐도 원고 청탁이 끊어지지 않도록 평생 글을 잘 쓰거나(이게 가능한 일인지 모르겠지만), 금수저로 태어났거나, 별도의 직업을 갖는 것 외에 뾰족한 대책은 없어 보인다. 대중음악평론을 요구하는 시장 자체가 작고, 학제로 구성되어 있지도 않은 게 현실이다. 비정규직보다 더한 '무정규직'이라고 농담하는 현실은 늘 조마조마하다.

대중음악평론의 어려움은 생계 때문만은 아니다. 기본적으로 평론 자체가 어렵다. 다들 알고 있듯 음악평론은 음악의 완성도를 평가하는 일이고, 음악을 해석하는 일이며, 음악을 사회와 대중, 산업과 연결한 맥락으로 분석하는 일이다. 음악이 좋다거나 좋지 않다고 단순 명쾌하게 가르는 일이 평론가들의 역할이라고 생각하는 사람도 있지만, 사실은 그렇게 단순하지 않다. 음악을 좋거나 좋지 않다고 평가하고, 의미를 해석하고 부여하기 위해 이해하고 감안해야 할 부분은 한둘이 아니다. 수많은 대중음악 장르의 역사와 작품, 음악인들에 대해 알아야 하고, 분명한 음악적 판단 기준을 가지고 있어야 하며, 예술 일반의 역사와 철학 등 인문학적 소양도 필요하다. 단순히 음악이 좋은지 안 좋은지만을 직관적으로 평가하기 위해서라도 늘 과거의 음악과 현재의 음악을 들으며 대중음악의 흐름을 숙지해야 한다.

그래서 대중음악평론가는 원고 청탁이 있건 없건 게으를 수 없다. 잠시라도 새로운 음악 듣기를 게을리하면 새로운 음악 언어를 낯설어하게 되고, 익숙한 과거의 음악만 듣는 기성세대와 다를 바 없어질 수 있기 때문이다. 끊임없이 귀를 쫑긋 세우고 감각을 벼려야 하는 이유다. 어딜 가나 음악이 가장 먼저 들리고, 다른 평론가들이 무슨 이야기를 하는지 살펴보게 된다. 지금 유행하는 문학, 영화, 연극, 미술, 드라마를 곁눈질하는 게 당연하다. 모든 장르가 연결되어 있는 세상에서는 트렌드와 변화를 숙지해야 한다. 늘 예술에 대한 호기심과 세상에 대한 관심으로 가득할 수밖에 없다. 매 순간 정보를 축적하고 데이터베이스를 정리하는 삶이다. 항상 CCTV를 들여다보고 있는 경찰노동자 같은 마음이랄까. 언제든 출동할 수 있는 소방노동자나 진배없다 해도 과언이 아니다. 그러다보니 더욱 시간이 부족하다. 음악 듣는 나와 책 읽는 나와 공연 보는 나와 살림하는 내가 따로 있으면 얼마나 좋을까.

음악이 직관적으로 좋다, 좋지 않다고 말하는 선언만으로는 평론이 되지 못한다. 최대한 체계적으로 근거를 구성하고 사람들을 설득할 수 있어야 한다. 모든 예술작품이 마찬가지겠지

만 좋은 음악과 안 좋은 음악이라는 기준은 객관화할 수 없고
계량화하지 못한다. 과학의 경우처럼 확인하고 검증할 수 있는
영역이 아니다. 평론가가 좋다고 한다거나 어떤 의미를 지니고
있다고 주장한다 해서 그 판단이 절대적일 수 없으며, 주관적이
라는 태생적 한계를 극복하기 어렵다. 평론은 정답이 없는 답을
내놓고 설득해야 하는 일이다. 그것이 평론가의 운명이다.

　　그렇다면 중요한 것은 얼마나 통찰력 있게 작품을 읽고, 얼
마나 솔직하게 자신의 주관을 드러내며, 얼마나 용기 있게 말하
는가다. 세상의 흐름을 무시할 수는 없지만, 세상의 반응 때문
에 해야 할 말을 하지 못한다면 평론가 자격이 없다. 눈치로 대
처할 일이 아니다. 눈치가 없는 척 내지르기도 해야 한다. 욕먹
을 각오, 모두에게 사랑받지는 못할 각오를 하지 않으면 할 수
없는 일이다. 요즘처럼 다들 자신의 판단과 취향이 옳다고 확신
하는 시대에는 더 어렵다. 자신의 판단과 다른 의견을 다른 관
점으로 생각해보는 계기로 받아들이는 게 아니라 즉시 조롱하
는 시대에 권하고 싶은 직업은 아니다. 하지만 솔직하게 말했다

고 자신하는 태도가 최선은 아닐 것이다. 자신은 진실을 말했는데 세상과 '어리석은 대중'이 알아주지 않는다고 한탄하는 일만큼 볼썽사나운 게 없다.

　　그래서 평론가의 중요한 덕목은 얼마나 탄탄한 사유와 논리 체계로 자신의 감성과 판단을 전달하며 독자를 설득하느냐다. 독자의 마음을 움직이고 이성을 작동시킬 책임은 글을 쓰는 평론가에게 있다. 쓰고 또 쓰고 고치고 또 고치는 이유다. 당연히 말과 글을 구성하고 서술하는 능력과, 음악적 식견, 예술에 대한 가치관과 철학을 겸비하지 않으면 안 된다. 한 번에 완성되는 능력이 아니고 어느 순간 완성될 수 있는 영역도 아니다. 꾸준히 공부하고 쓰고 노력하지 않으면 안 되는 일이다. 세상 어느 직업이나 마찬가지겠지만 평생을 한결같이 노력하지 않으면 안 되는 일이다. 다른 이들이 알아주지 않고, 세상이 부르지 않더라도 버텨야 한다. 오해와 폄하를 견디기도 해야 한다. 자신이 틀렸을 수 있다는 사실을 인정하되, 아니라고 생각할 때는 물러서지 말아야 한다.

이제는 음악평론이 음악 자체에 대한 텍스트 비평에만 국한되지 않는다. 여전히 텍스트 비평에만 집중하고 있는 평론가가 있지만, 음악을 잘 해명하기 위해서는 음악과 관계 맺고 있는 사회적 현실, 기술 발전, 산업 현황을 함께 인식하고 파악해야만 한다. 가령 〈강남스타일〉의 성공은 음악적 완성도만으로 해명할 수 없다. 유튜브라는 매체와 국적을 떠나 많은 사람들이 공감한 음악 안팎의 다양한 코드를 함께 분석할 때 총체적인 이해가 가능하다. 음악에 대한 과학적 분석도 가능할 것이다. 대중음악평론을 잘하기 위해서는 알아야 할 것들, 감안해야 할 것들이 한둘이 아니다.

이렇게 어렵고 직업인으로 버티기도 어려운 대중음악평론을 계속하고 있다. 감히 평론이라고 말하기에는 두렵고 의견을 제시한다는 조심스러운 마음으로 한다. 이 일을 계속할 수 있는 이유는 아직까지 호출해주는 사람들 덕분이고, 이 일이 무척이나 즐겁기 때문이다.

무엇보다 좋은 음악을 듣는 게 행복하다. 날마다 쏟아지는 음악들이 지겹고 부담스러울 때도 좋은 음악을 들으며 느끼는 행복감이 충만하다. 음악을 듣는 일은 음악과 자신의 내밀한 대화다. 혼자서 듣건 함께 듣건 음악을 듣는 행위는 사적인 행위다. 자신의 귀로 듣고 자신의 가슴으로 느끼기 때문이다. 예민했던 청소년 시절, 충격 같은 감동을 안겨준 음악들을 만나 음악에 빠져든 이후, 좋은 음악은 늘 위로가 되고, 눈물이 되고, 평화가 되고, 격정이 되었다. 들국화의 음악을 듣고, 할로우 잰의 음악을 들으며 나는 얼마나 물컹거리고 얼마나 뜨거웠던지. 세상의 공기처럼 많은 좋은 음악들 덕분에 듣는 재미를 느끼며 그 음악이 보여주는 내 안의 또 다른 나를 만날 수 있었다. 그때마다 나는 가까스로 넓어지고 깊어질 수 있었다.

음악을 듣는 일은 자신 밖에 있는 음악이라는 객체를 소비하는 행위가 아니라 끊임없이 자신을 만나고 확인하는 일이다. 내가 경험한 것들과 경험하지 못한 것들, 내가 알고 있는 나와 내가 알지 못했던 나, 수많은 감정과 사건과 메시지와 관점들이 음악을 통해 드러났다. 나 자신을 드러나게 하고 나 밖의 존재와 이어주는 것이 음악만은 아니었지만, 음악은 가장 가까이 머물며 나를 거울처럼 비추거나 보살펴주었다.

그리고 음악에 대한 글을 쓰는 일은 그 자체로 즐거움이 있다. 쓰는 일은 늘 어렵지만 말하고 싶은 것을 말할 수 있다는 사실만큼은 즐겁다. 하고 싶은 이야기를 정확하게 표현할 때 스스로 느끼는 즐거움은 하고 있는 일에 대한 만족감을 준다. 더 열심히 쓰게 만든다. 물론 스스로 만족하는 글을 쓰는 경우가 많지는 않았지만, 내가 쓰는 글의 첫 번째 독자로서 하고 싶은 이야기, 누구도 하지 않은 이야기를 할 때의 만족감은 충분한 보상이 되었다. 아주 가끔이라도 글에 대한 반응이 오고, 글이 도움이 되었다는 호평을 얻을 때 느낀 보람도 적지 않은 힘이 되었다.

사실 음악 관련 글을 쓰는 것은 단순히 음악평론을 하기 위해서만은 아니다. 내가 쓰는 음악평론은 당연히 음악에 대한 글이지만, 나는 그 글들을 통해 음악과 세계와 사회에 대한 더 많은 생각들을 나누고 싶다. 그렇게 함으로써 음악과 세계와 사회에 대한 이해가 더 깊어지게 만들고 더 나은 실천으로 이어졌으면 하는 바람이다. 아직 나의 글을 읽는 사람보다는 읽지 않은 사람들이 더 많고 앞으로도 그렇겠지만, 나의 글을 통해 누군가 더 많은 음악의 아름다움을 발견하게 되고, 음악의 의미에 대해 생각하게 될 수 있다면 얼마나 멋진 일인가. 음악이 담고 있는 이야기를 나누며 함께 살고 있는 오늘 이곳에 대해 더 많은 것들을 생각하게 되고, 더 많은 꿈을 꿀 수 있다면 이 역시 얼마나 근사한 일인가. 음악을 가리키면서 음악이 태어나고 향유되는 세계에 대해 말하고 싶고, 개입하고 싶고, 더 아름답게 만들고 싶은 것이 나의 꿈이다. 그래서 오늘도 듣고 쓰며 대중음악의견가로 살아간다. 글은 내가 말을 거는 방식이고, 내가 실천하는 방식이다. 대중음악평론은 나의 운동이다.

차례

1부   쓰면서 듣기: 평론, 노동에 관하여

2부 들으면서 생활하기 : 음악, 예술에 관하여

3부 생활하면서 다시 쓰기: 세상, 삶에 관하여

1부

쓰면서
듣기

평론, 노동에
관하여

대중음악의견가의
평론론

대중음악의견가라는 직함으로 살아가고 있지만, 누군가 대중
음악평론이 뭐고 그걸 어떻게 하는 거냐고 물으면 순간 멈칫
거리게 된다. 어떻게 설명하면 좋을까. 다른 대중음악평론가
와 음악 팬들은 평론을 어떻게 규정할까. 대중음악평론은 음
악이 담지한 소리의 의미와 가치와 아름다움을 찾아내는 일이
고, 찾아낸 의미와 가치와 아름다움을 평가하는 일이며, 그 평
가를 다른 이들에게 제시해 설득하는 일이라고 해도 될까.

　　음악은 소리로 말한다. 가사 있는 음악이 훨씬 많아도 음
악의 근본은 소리다. 음악은 느리거나 빠르거나, 거칠거나 부
드럽거나, 달콤하거나 쓸쓸한 소리의 성질과 운동을 통해 말
한다. 어떤 기분이고, 어떤 태도이며, 어떤 순간과 사건을 경험
하면서 무슨 생각을 하는지 얘기한다. 리듬, 비트, 멜로디, 화
음, 사운드가 함께 음악을 만든다. 소리의 속도와 속도를 반복
하는 방식, 음표의 연속관계와 앙상블, 그리고 음악 안에 존재
하는 모든 소리의 융합과 운동이 만들어내는 질감이 음악이

하려는 이야기를 완성한다. 노랫말은 이야기를 더 구체적으로 표현해주는 역할을 맡는다. 그렇다고 반드시 노랫말이 필요한 것은 아니다.

　평론가는 이렇게 만들어진 음악을 들으며 생각한다. 무슨 이야기를 하려는지, 제목과 노랫말로 설정한 감정과 사건과 태도를 적확하게 표현했는지, 그 표현이 명징하고 의미 있게 다가오는지, 직접적으로 말하진 않았지만 드러내버린 이야기는 무엇인지, 같은 장르의 다른 아티스트들이 내놓는 음악이나 유사한 이야기를 하는 음악과 얼마나 다른지, 더 강력하거나 인상적이며 아름다운 순간과 생동감 있는 이야기를 만나게 하는지 못하는지 가늠해본다. 음악인이 내놓은 소리와 이야기가 지금의 사회에서 어떤 가치가 있는지 따져보고 소리의 무게를 헤아린다.

　이 판단을 정확하게 내리기 위해 평론가들은 꾸준히 음악을 듣는다. 우리가 듣는 대중음악은 대부분 특정 장르의 군집으로 묶을 수 있다. 대중음악평론가들은 대중음악 초창기부터 현재까지 이어지는 여러 장르의 음악을 다양하게 듣고 공부하면서 대중음악이 어떻게 태어나고 성장하며 이어지고 갈라지는지 파악한 사람이다. 음악인들이 소리와 노랫말과 퍼포먼스를 어떻게 만들고 연결했는지 수많은 사례를 축적한 사람이다. 계속 들으며 쌓은 소리의 데이터베이스를 바탕으로 좋은 멜로디, 강력한 비트와 리듬, 독창적인 사운드, 의미 있는 메시지를 알아차리는 감각과 안목을 만든 사람이다. 많이 들으면 더 진하고, 무겁고, 날렵하고, 새로운 소리의 이야기를 알아차리는 능력을 얻을 수 있다.

그렇지만 듣기만 해서는 무수한 소리의 세계를 온전히 이해하기 어렵다. 음악과 실제 세계의 연결고리를 총체적으로 인식할 수 없다. 음악 장르의 역사를 다룬 책을 읽고, 음악인의 이야기를 들으며, 다른 평론가들이 내린 평가를 확인해 배울 일이다. 라이브 콘서트와 페스티벌에도 가봐야 한다. 음악 팬과 공간과 음악과 음악인이 어울릴 때 만들어지는 이야기는 무궁무진하다. 음악에 영향을 미치는 기술, 정치, 사회, 지역, 젠더, 철학 영역까지 공부하는 이유다. 동시대 다른 예술이 어떤 이야기를 어떻게 건네고, 그 이야기와 언어가 음악과 어떻게 닮거나 다르며 서로 영향을 미치는지 살피는 건 음악평론을 잘하기 위해서다. 숨겨둔 이야기, 부지불식간에 흘려버린 이야기를 찾아내는 감식안은 이렇게 해도 쉽게 만들어지지 않는다.

나의 경우엔 예술이 어떤 역할을 하는지 파악하는 일이 특히 중요하다. 처음 음악에 빠져들었을 때는 직관적으로 와닿는 음악을 마냥 좋아하기 마련이지만, 계속 듣다보면 한 곡의 음악, 한 장의 음반이 듣는 사람과 예술 전반과 사회에서 어떤 역할을 하는지 생각하게 된다. 그것이 음악이 만들어내는 가치다. 나는 평론가가 음악의 가치를 정확하게 찾아내고 부여해주는 사람이라고 믿는다. 그 역할이 중요하다고 생각한다.

예술은 인간을 위로하거나 즐겁게 해주기 위해, 더 많은 생각을 끌어내고 다른 감정을 느끼게 해주기 위해 존재한다. 음악인은 자신의 감정을 발산하기 위해서만 노래하지 않는다. 돈을 많이 벌고 유명해지기 위해서만 노래하고 연주하지는 않는다. 예술은 감정의 기록이자 매개이고, 사유의 토대이다. 음악가는 감정과 생각을 나누고 공감하기 위해, 욕망을 실현하고, 치유하고, 함께 즐거워지기 위해 음악을 사용한다. 자신이 느끼고 생각하는 무언가를 표현하고 나누기 위해 노래하고 연주한다.

이 과정에서 음악은 필연적으로 다른 존재를 향하게 된다. 같은 감정과 생각을 경험한 사람만이 아니다. 음악은 같은 감정과 생각을 경험하지 못한 사람, 정체성이 다른 사람에게까지 향하는 말 걸기이자 신호를 쏘는 송신탑이다. 이렇게 느끼고 생각했으니 들어봐달라고, 당신은 이런 기분과 생각을 경험한 적이 있냐고, 그 감각과 생각이 지금은 어떤 모습으로 남아 있냐고, 우리는 얼마나 다르거나 같냐고, 계속 말을 건다. 눈치를 안 보는 것처럼 시치미 떼고 속삭인다.

세상에는 얼마나 많은 말들이 떠다니는지. 얼마나 많은 신호들이 나와 접속하려고 대기 중인지. 음악평론가는 그중 소리 신호에 특화된 안테나 같은 사람이다. 항상 안테나를 세운 채 살아가는 사람이다. 세상의 수많은 인간의 생산물은 제각각 쓰임과 소명이 있을 텐데, 평론가는 음악의 쓰임과 소명을 제대로 찾아주려는 사람이다. 이 음악이 얼마나 많은 사람을 뒤흔들 힘을 품고 있는지 진단하고, 얼마나 가치 있는 메시지와 영롱한 아름다움을 지녔는지 감정하는 사람이다. 이 음악이 어떤 음악의 계보 속에서 태어난 음악인지 알아봐주고, 어떤 빛과 울림을 품고 있는지 읽어주며, 언제 누구에게 유용한지 골라주는 재판관이며 해설자다.

사실 음악평론의 어려움은 음악 그 자체에서 온다. 음악은 다른 예술 장르와 다른 언어를 사용하기 때문에 비평하기 쉽지 않다. 소리는 멈추지 않는다. 흘러가고 날아간다. 손에 잡히지 않고 귀에 남지 않는다. 컷을 자를 수 없고 단락을 지목하기 어렵다. 음악평론이 인상비평에서 자유롭기 어려운 이유다.

내게도 인상비평에서 벗어나는 일이 오래도록 어려운 숙제였다. 느낌으로, 형용사와 부사로만 음악을 이야기하고 싶지 않았다. 장황한 미사여구로 비평을 대신하고 싶지 않았다. 근거를 가지고 말하는 게 아니라 어떤 느낌을 준다고만 말하면 비평을 에세이와 구별할 수 없어 탐탁지 않았다. 비평과 문학은 다르다는 것을 보여주어야 한다고 스스로를 윽박질렀다. 감상문이 아닌, 제대로 된 비평을 쓰고 싶었다. 그러려면 음악의 리듬과 비트, 멜로디와 사운드, 가사와 장르에 대해 말하는

수밖에 없었다. 음악 언어를 근거로 말하려 하고, 창작자의 의
도를 찾아내려 애쓴 이유다. 창작자가 내놓은 음악이 무엇의
증거가 되고 어떤 역할과 기능을 하는지 밝히려 한 까닭이다.

하지만 쉽지 않았다. 번번이 서성이고 헤매고 길을 잃으
며 쓴다. 부끄러워하고 난감해하고 당황해하면서 쓴다. 이 글
또한 마찬가지다. 다만 지금은 여기까지가 나의 답이다. 계속
고쳐 쓰는 답.

우리는 모두 편파적이다

사람들은 객관적인 태도를 선호한다. 주관적인 의견은 공정하지 않으며 올바르지 않다 여긴다. 그래서인지 말을 할 때도 사견임을 전제로 이야기하곤 한다. 사실 기관이나 회사의 공식 입장이 아닌 의견은 모두 개인의 의견일 수밖에 없다. 그런데도 사견임을 밝히고 조심스럽게 이야기를 시작하는 요즘 사람들의 모습은 조금 기괴해 보인다. 필연적으로 사견일 의견을 자유롭게 말하지 못하고 사견임을 전제로 말하는 건 다들 어딘가에 소속되어 있기 때문이고, 혹시 모를 오해나 불이익을 두려워하기 때문일까. 최대한 오해와 불이익에 휘말리지 않으려고 방어막을 치는 모습이라니. 남의 말을 쉽게 옮기고, 제멋대로 해석하는 세상에서는 모두들 조심하기 마련인가보다.

그런데 사람은 얼마나 객관적일 수 있을까. 누구든 근거 없이 말하면 안 될 일이지만, 사람은 객관적이기 어렵다. 사람은 자신의 정체성에서 좀처럼 벗어나지 못하기 때문이다. 언제 어느 지역에서 태어났으며, 어떤 계급에서 태어났는지, 남성이나 여성 혹은 다른 성으로 태어났는지, 장애가 있는지 없는지 등에 따라 생각과 취향뿐 아니라 행복까지 결정된다. 종교, 교육, 성적 취향 등도 적잖은 영향을 미치는데, 이 또한 상당 부분 태어남과 동시에 결정된다 해도 과언이 아니다.

　문제는 사람이 객관적이지 않은 데 있지 않다. 누구도 객관적일 수 없다는 사실을 모르거나 인정하지 않는다는 데 있다. 다들 정체성에 영향을 받지 않는 것처럼, 정체성으로부터 독립해 자유롭게 생각하고 행동하는 사람처럼, 늘 객관적인 존재처럼 말하고 행동한다. 하지만 누가 자신의 정체성에서 벗어날 수 있을까. 정체성은 한 사람의 보금자리이고 기본이며 출발이다. 대부분의 정체성은 죽을 때까지 바뀌지 않는다. 우리는 모두 정체성에 사로잡혀 살아가는 주관적이고 편파적인 존재다.

　심지어 모든 사회는 그 사회의 표준 정체성을 정하고, 그 기준에 맞춰 생각하고 살아가도록 끊임없이 훈육한다. 한국사회 정체성의 기준은 서울에 사는+남성+이성애자/비퀴어+중년+대학 졸업자+비장애인에 맞춰져 있다. 한국 사람들은 이 정체성을 '정상' 혹은 '기본'으로 간주한다. 한국은 이 정체성이 권력이 되는 사회다. 그들의 몸과 생각과 행동을 기준으로 판단하며, 그들의 생각과 행동이 가장 객관적이라 여긴다. 현실과 매체에서 공적인 역할을 수행하고, 합리적인 판단을 내릴 거라 표상하는 사람들은 대부분 이 정체성을 가진 사람이다. 한국은 이 기준에서 벗어난 정체성의 소유자는 소외시킨다. 여성, 장애인, 성소수자, 어린이, 노인이 한국인을 대표하는 경우를 얼마나 볼 수 있나. 이들은 감정적이거나 미성숙하며 시대에 뒤떨어졌다는 편견을 뒤집어쓰고 말할 권리조차 얻지 못하는 경우가 대부분이다.

그래서일까. 사람들은 평론을 대할 때에도 평론가의 정체성을 생략한다. 평론가가 객관적인 판단을 내릴 거라고, 평론가는 객관적인 판단을 내리는 사람이라고 확신한다. 그렇지만 평론가 역시 똑같은 사람일 뿐이다. 당연히 어떤 정체성을 가졌는지에 따라 판단이 엇갈린다. 가령 1950년대에 태어난 평론가와 1980년대에 태어난 평론가는 더 많이 접한 작품, 친숙한 작품이 다를 수밖에 없다. 사는 지역, 젠더, 가치관에 따라서도 다른 경험을 가지고 있고 따라서 기준 또한 서로 다를 가능성이 높다. 음악 장르로 얘기하면 세대에 따라 익숙하고 선호하는 장르부터 굉장히 다르다.

물론 평론가는 자신의 정체성을 기준으로 판단하지 않기 위해 부단히 노력하는 사람이다. 정체성에 매이지 않는, 공시적이고 통시적인 안목을 만들기 위해 애쓰는 사람이다. 그럼에도 정체성이 만든 기준과 성향을 완전히 초월하기는 불가능하다. 누구도 완벽하게 객관적일 수 없다. 선호하는 대상과 그에 대한 판단 기준은 대부분 시대와 사회의 산물이어서 자신도 알지 못하는 사이에 스며든다. 평론가의 의견을 객관적인 의견처럼 받아들이거나, 정답처럼 받아들이는 모습에 동의하기 어려운 이유다.

꾸준히 노력하면 이따금 탈출에 성공하기도 하지만, 트로트로 가득한 세상에서 성장한 사람은 힙합이 대세가 된 시대에 성장한 이들만큼 힙합을 삶의 순간마다 담아두지 못한다. 그들만큼 힙합의 문법과 사운드를 뼛속 깊이 이해하지 못한다. 그래서 평론가는 계속 세상의 변화를 받아들이며 자신의 정체성을 뛰어넘으려 노력해야 하지만, 한편으로는 정체성이 부여한 취향과 세계관에 집중하는 편이 현명하다는 생각이 들기도 한다.

이는 예술에서 객관적인 기준을 정하기 어려운 이유이기도 하다. 다른 정체성을 가지면 다른 관점과 의견을 갖는 게 당연하다. 몇 해 전 한국대중음악상 선정위원 중 특정 세대 남성의 비율이 너무 높다고 비판하는 목소리가 나온 것도 그 때문일 것이다. 한국대중음악상 선정위원회에서 고의적으로 특정 세대 남성들만을 선정위원으로 선발하진 않았지만, 업계의 불균등한 현실이 고스란히 반영된 결과다. 이 같은 문제의식을 꾸준히 상기하지 않으면 다양한 정체성을 가진 이들의 의견을 수용하지 못하는 '그들만의 리그'가 되어버릴 수 있다. 특정 정체성을 가진 이들의 취향이 득세하는 결과를 낳을 수 있다.

예술작품과 평론에서 객관을 찾기 어렵다보니, 모든 사람을 감동시키는 작품을 만들기는 불가능하다. 감동적인 작품의 창작 방식을 정해진 공정으로 표준화할 수 없다. 음악의 경우 특정 코드나 음계, 리듬이 만들어내는 정서가 있다 해도, 듣는 사람을 반드시 사로잡는 공식은 존재하지 않는다. 특정 방식으로 노래하고 연주한다고 듣는 사람을 모두 만족시키지는 못한다. 만약 그런 공식이 있다면 히트곡 만들기가 얼마나 쉬울까. 예술은 실패가 뻔한 미지의 가능성을 끊임없이 탐색하는 도전이다. 평론은 성공과 실패의 비밀을 해명하기 위한 사후의 부검에 가깝다.

그래서인지 예술은 자주 신비롭게 여겨진다. 예술가를 마법사처럼 여기거나 천재라고 환상을 불어넣는 이유이다. 과학처럼 성분을 분해할 수 없고, 공식화하지도 못하는 작업을 해내면서 타인의 마음을 뒤흔드는 존재는 놀랍고 특별해 보이기 마련이다. 우리 사회에는 지금도 예술가를 신화화하는 낭만적인 고정관념이 흔하다.

그렇다고 예술을 신비화하는 데 일조하는 평론가가 되고 싶지 않다. 예술은 우연적인 요소가 작동하는 영역이지만 연습과 훈련 없이는 불가능하다. 예술은 위대하지만 세상에서 가장 위대한 영역이 아니다. 창작욕구가 인간의 가장 중요한 욕망도 아니다. 예술은 세상의 수많은 일들 가운데 하나일 뿐이다. 예술은 항상 삶 앞에 머리를 숙여야 한다. 정체성에 매여있고, 주관적이기 마련일 평론을 객관적인 의견인 양 포장하는 사기꾼이 되지 않으려 하는 이유, 대중음악'평론가'라고 쓰지 않고 대중음악 '의견가'라고 쓰는 이유다.

　나 자신이 보이는 평론, 정체성 앞에 정직한 평론, 다른 정체성을 가진 평론가에 의해 채워지고 논박당하며 평론의 장이 더 풍성해지기를 바란다. 나아가 같은 정체성을 가진 작가와 작품에만 환호하지 않고, 다른 정체성을 가진 작품과 예술가들을 향해 마음을 여는 세상, 다른 일들도 예술만큼 존중받는 세상이라면 무얼 더 바랄까.

최소한 나쁜 평론은
쓰지 말자

어떻게 하면 좋은 평론을 쓸 수 있을까? 아니 그보다 먼저, 어떻게 하면 안 좋은 평론을 쓰지 않을 수 있을까? 세상에 좋은 글을 쓰는 방법을 알려주는 지침서는 많지만 좋지 않은 글을 안 쓰는 방법을 알려주는 경우는 많지 않다. 나 역시 스스로의 평론이 자주 만족스럽지 않으니 하루빨리 좋은 평론을 쓰는 요령을 터득해야 할 처지인데, 계속 쓰고 읽다보니 적어도 어떤 평론이 좋지 않은 평론인지는 어렴풋이 알 것 같다. 최근 비슷한 잘못을 반복하는 글들을 읽은 덕분에 뼈저리게 깨달은 몇 가지를 정리해본다.

상투적인 결론으로 쉽게 도망가지 말 것. 상대를 배려한다고 해야 할 말을 숨기지 말 것. 익숙한 형용사와 부사로 아름다움을 갉아먹지 말 것. 아름다운 얘기는 아름답게 쓸 것. 나만의 생각을 두려워하지 말 것. 정보의 취합에 게으르지 말 것. 대세와 유행 앞에 냉정할 것. 사실과 가치를 혼동하지 말 것. 부분적인 차이에 주목할 것. 아무도 하지 않은 얘기가 나올 때까지 물고 늘어질 것. 상식 혹은 고정관념에 기대지 말 것. 과장하거나 숭배하지 말 것. 까칠하고 엄격한 긴장을 유지하며 작품이 보여주는 성취와 불만을 모두 솔직하게 기록할 것.

이러한 깨달음의 이유는 굳이 최근에 읽은 글이 아니더라도 평론가라는 이들이 쓴 글 가운데 적지 않은 수가 지나친 찬사와 과장으로 점철되어 있기 때문이다. 음악인이나 작품이 뛰어날 경우에는 얼마든지 호평할 수 있다. 하지만 그 호평은 정확한 사실에 근거해야 한다. 가령 조용필이나 서태지라고 해서 항상 최고의 음악만을 해온 게 아니다. 그들의 작품들 중에도 완성도가 높은 곡이 있고, 완성도가 떨어지는 음반도 분명히 있다. 그런데도 적지 않은 평론가가 대중적인 인기와 예술적인 완성도 가운데 어느 한쪽이라도 획득한 이들에 대해 엄격하고 냉정한 평가 대신 무조건적인 찬사를 남발한다. '최고'라는 수사를 남발하는 식이다.

물론 최고에게는 최고라는 표현을 써야 마땅하다. 하지만 평론은 최고라는 인증을 하기 위해 존재하는 것이 아니다. 왜 최고인지 증명하고 설득하기 위해 필요한 작업이다. 그 음악인과 음악이 왜 뛰어난지에 대해 설득력 있는 논증은 하지 않고 최고라는 수사만 남발하는 일은 평론이 아니라 평론을 빙자해 홍보하는 짓이며, 예술가와 작품을 신화화하는 짓이다. 그것은 평론의 역할이 아니다.

아무리 최고의 음악, 최고의 음악인이라 해도 평론가는

그 대상과의 긴장관계를 유지하지 않으면 안 된다. 텍스트와의 긴장을 잃어버리는 순간 평론은 홍보와 숭배의 대행 수단으로 전락한다. 평론은 예술작품만큼 독립적이어야 한다. 찬사와 비난을 위해 존재하는 것이 아니라 근거와 맥락을 보여주고 새로운 시선을 갖게 하는 일이 평론의 역할임을 잊어서는 안 된다.

대중음악의 역사는 '최고'만으로 이루어지지 않는다. 동시대에 존재하는 음악인들과 작품들은 서로 영향을 받으며 흐름을 만들어간다. 유일하게 독보적인 음악인과 작품은 존재하지 않는다. 여러 음악인의 음악이 태동하고 교류하고 성장하는 과정 속에서 비로소 뛰어난 작품이 나오는 법인데, 그러한 과정을 세심하게 살피지 않고 특정 음악인과 작품만 최고라고 말하는 것은 게으르고 안일한 태도다. 가령, 신중현이 한국 록의 효시이고 한국 록을 진화시켰다고 해도 그에게만 한국 록의 신화 운운하면 동시대에 활동했던 다른 록 음악인들의 활동과 음악을 외면하거나 폄하하게 될 수 있으므로 이는 가능한 한 피해야 할 표현이다. 사실 동시대의 음악 역사를 제대로 안다면 어느 한 사람에게만 영광을 돌리기는 어렵다. 매체에서 그렇게 떠들더라도 평론은 냉정하게 중심을 잡아야 한다. 그런데 최근에는 오히려 일부 평론이 그 흐름의 나팔수가 되어가니 우려스러운 일이다. 하나의 음악과 음악인이 인기를 얻는 현상은 단순히 음악적인 요인 때문만이 아니라 시대적인 흐름이 맞물렸기 때문인 경우도 많은데, 시대적 상황과 예술적 완성도를 엄밀하게 구분하지 않은 채 이 모든 것을 탁월한 개인적 재능이나 시대적 흐름으로 납작하게 해석하는 일 또한 피해야 한다.

이러한 현상은 평론이 사실관계에 천착하지 않고, 그러니까 사실을 구성하는 다양한 측면을 두루 살펴보며 연구해 엄격하게 평가하지 않고 기존의 통념과 여론에 기대기 때문이다. 텍스트의 명성이 가진 권위에 굴하지 않고 평론으로서의 독립성과 엄격함을 지키면서 비평의 프레임을 계속 갱신해나가는 대신 권위에 손쉽게 굴복해버리고 오히려 그 흐름을 부채질하는 짓이다. 이는 이렇게 해서라도 발언권을 얻지 않으면 안 되는 현실 때문이기도 하다. 대부분의 매체는 통념을 인증하는 용도로 평론을 활용한다. 이러한 흐름은 결국 평론을 쓸데없는 일로 만들어버린다. 모두가 알고 있는 사실을 확인하기 위해 필요한 것이 평론이라면, 그것은 평론가의 지적 권위만을 빌리는 것이 아니고 무엇이며, 평론가가 굳이 깊게 고민할 필요가 무엇이겠는가.

좋은 평론이 담지해야 할 요건은 많다. 좋은 평론은 현미경처럼 들여다보는 동시에 망원경처럼 큰 프레임을 제공해야 한다. 깊게 보고 전체적으로 볼 수 있게 해서 하나의 텍스트로부터 시대와 세계를 온전히 볼 수 있는 시야를 이끌어내야 한다. 쉽게 단언하기보다는 수많은 사실들 앞에서 자주 멈칫거리고 주저하면서 끝끝내 멀리까지 나아가는 평론이야말로 제대로 된 평론이다.

평론의 문제를 평론가 개인의 책임으로만 따지고 싶지는 않다. 새롭거나 엄밀한 주장에 귀를 기울이기보다는 그들의 프레임에 맞춘 의견만 요구하는 매체의 책임을 먼저 짚어야 한다. 평론의 역할이 줄어들게 된 흐름도 찬찬히 들여다보아야 한다. 하지만 평론가 개개인이 해야 할 일을 제대로 하지 않는다면 아무것도 바꿀 수 없을 것이다. 인간은 못 돼도 괴물은 되지 말자 했던 어느 영화의 대사처럼, 좋은 평론은 못 써도 최소한 나쁜 평론은 쓰지 말아야 하는 책임 역시 평론가 자신으로부터 출발한다.

대중음악의견가의
기쁨과 슬픔

대중음악의견가로 살아온 지 19년쯤 되었다. 그동안 꾸준히 글을 썼다. 리뷰를 쓰고, 칼럼을 쓰고, 책을 냈다. 이렇게 이야기하면 하루 종일 음악 듣고 글 쓰기만 했을 거라고 오해할 가능성이 있으려나. 고즈넉한 작업실에서 고급스러운 오디오를 타고 흐르는 음악을 들으며 우아하고 여유롭게 글을 쓰는 모습을 상상하려나. 그게 현실이라면 얼마나 좋을까.

하지만 베스트셀러 작가도 셀럽도 아닌 나는 글만으로는 생계를 꾸리지 못한다. 그래서 심사와 강의를 사양하지 않았다. 이따금 연구 작업에도 참여했다. 공연을 만들거나 음반을 제작한 일도 여러 번이다. 일할 기회가 생기면 망설일 겨를이 없었다. 들어오는 일은 거의 다 해내야 각종 공과금을 내고 시민사회단체에 회비를 늘릴 수 있었다. 물론 돈을 벌기 위해서만 한 일은 아니었다. 해보고 싶은 일, 의미 있는 일, 해야 하는 일이기 때문에 하는 경우가 적지 않았다.

어쨌거나 멋진 일을 한다고 부러워할지 모르겠다. 고등

학생 시절 함께 문학동인회 활동을 했던 이들 중에 지금까지 글을 쓰는 사람은 나 혼자뿐이고, 글을 쓰는 사람이 되는 것이 내 꿈이었으니 꿈을 이루었다 해도 과언이 아니다. 포털사이트 검색창에 이름을 치면 쓴 글이 나오고, 온라인 서점에서 내가 쓴 책을 구할 수 있다. 그러나 이 결과가 기쁨의 전부는 아니다.

자주, 흔하게 느끼는 기쁨은 날마다 좋은 음악을 만나는 순간 찾아온다. 매일 수천 곡의 새 음악이 나오는 나라, 새로 나오는 음악을 다 들어볼 수 없을 정도로 속도가 빠른 시대여도 늘 좋은 음악을 들을 수 있다는 사실은 신비로운 축복이다. 음반을 사지 않고도, 음반가게에 가거나 따로 주문하지 않아도 손쉽게 음악을 들을 수 있다. 어제 좋은 음악을 들었는데 오늘 또 다른 새롭고 좋은 음악이 기다리고 있다. 아무리 생각해도 놀라운 일이다.

좋은 음악은 장르와 스타일, 메시지를 가리지 않는다. 평론가로서 일을 하려고 듣는 것이어도 진실한 이야기와 고심한 표현, 새로운 시도를 만날 때면 귀를 타고 꽃이 피어나고 마음에 불꽃이 일렁인다. 그만큼 듣는 즐거움이 크다. 들을 음악이 없다고 말하는 이들, 음악을 찾아 듣지 않는 이들을 이해하지 못하는 이유다. 음악은 내가 세상을 만나는 첫 번째 통로다. 나는 귀를 빌어 인간을 마주하고 세계를 이해한다. 음악을 들으며 이렇게 생각할 수 있고, 이렇게 표현할 수 있다고, 인간의 인식과 상상력이 이렇게 펼쳐질 수 있으며, 현실이 이렇게 음악으로 드러난다는 것을 확인할 때마다 나의 귀는 기쁘게 깊어진다.

그리고 그 음악에 대해 글을 쓰거나 말을 하게 될 경우, 이따금 그 음악의 핵심 가치와 지향, 내재된 아름다움을 내 언어로 정확하게 찾아내고 해명하는 데 성공한다. 그 순간이 내 존재의 의미를 확인하는 환희의 순간이다. 일의 성공 여부를 다른 이들의 반응으로 확인하기도 하지만, 얼마나 잘해냈는지는 사실 자신이 가장 잘 안다. 스스로 만족하지 못하는 결과물에 대한 호평은 아무 의미가 없다.

그동안 적지 않은 글을 쓰고 말을 했지만 매번 성공했다고 말하기는 불가능하다. 아무리 생각해도 헛발질을 하거나 오버한 경우가 적지 않았다. 그 순간이 쌓여 슬픔이 되기도 했다. 음악의 아름다움에 내 언어가 가까워지고, 음악의 성취와 한계를 올바르게 기술해낼 때, 비로소 덜 부끄러울 수 있었다. 한 사람의 직업인으로, 대중음악의견가라는 직함을 걸고 살아가는 사람으로 항상 제대로 역할을 해내고 싶은데, 좀처럼 쉬운 일이 아니다.

처음 평론을 시작할 때는 나에게 평론의 세계를 보여주었던 선생님들처럼 써내고 싶었다. 가능하다면 그들에게 선생님이었던 거인들만큼 가치 있는 사유와 인식에 이르고 싶었다. 당장은 해내지 못하더라도 언젠가는 그렇게 써내는 평론가가 되고 싶었다. 하지만 아무리 좋게 생각해도 나의 글은 그들 가운데 누구에게도 미치지 못한다. 그것이 나의 오래된 슬픔이다. 물론 앞으로 시간이 있긴 하다. 계속 고민하고 공부하고 쓰다 보면 나만의 길을 만들어낼 가능성도 있다. 그럼에도 위기의 시대, 예술의 역할과 가치를 해명하고 옹호해야 하는 평론가의 역할을 제대로 해내고 있지 못하다는 아쉬움은 나의 해묵은 부끄러움이고 비애다.

인기 있는 음악의 감성을 공감하지 못하고, 그 음악에 쏟아지는 열광을 이해하지 못할 때도 슬프기는 마찬가지다. 감각과 사유는 정체성을 초월하지 못한다는 사실을 알고 있음에도 어떤 음악이든 받아들이고 파악하는 평론가이고 싶은데, 나이와 성별과 능력으로 인해 바람만큼 해내지 못한다는 사실을 자인하는 순간은 씁쓸하다. 하고 싶은 일에 기회가 생기지 않을 때 어찌 답답하지 않을 수 있을까.

그렇지만 아직은 들을 수 있고, 쓸 수 있다. 다행이라는 마음과, 잘해야 한다는 부담과, 잘하고 싶다는 열망과, 잘하지 못할 때 느끼는 민망함이 나를 기쁨 쪽으로 끌고 갔다가 불시에 슬픔 쪽에 부려놓곤 한다. 롤러코스터 같은 짜릿함과 어지러움이 나를 살아 있게 한다. 자신을 온전히 알게 한다. 오늘도 그렇게 듣고 쓴다.

평론가도 생활인이다

한국에서 전업 음악평론가로 살아가는 사람이 몇이나 될까. 공인 절차가 없는 직업이니 누구든 자신을 음악평론가라고 소개할 수 있지만, 실제 전업 음악평론가로 살아가려면 평론을 해서 생활할 수 있어야 한다. 그러려면 평론 관련 일로 생계를 유지할 수 있을 만큼 돈을 벌어야 한다. 당연히 권위가 있어야 하고 이름도 알려져야 한다.

전업 음악평론가는 방송에 출연하거나 원고를 쓰거나 강의를 하거나 심사를 해서 돈을 번다. 한 부문에만 치중해 생활하는 이는 없다. 방송에 더 많이 출연하거나 원고 청탁을 더 많이 받는 평론가는 있어도 한 종류의 일만 해서 생활하는 평론가는 없다. 평론집 인세로 충분한 돈을 벌면 좋을 텐데, 내가 아는 선에서 책을 팔아 생계를 유지할 정도로 베스트셀러 작가인 음악평론가는 아직 없다. 전업 음악평론가들은 대부분 '티끌 모아 티끌' 같은 수입을 모아 살아간다.

생각해보라. 텔레비전 방송 인터뷰는 자주 무급이고, 라디오 프로그램 패널로 출연하면 출연료는 15만 원 안팎, 원고 한 편의 원고료는 20만~30만 원 선이다. 그 돈을 모아 생활하려면 매주 얼마나 많은 라디오에 출연하고, 얼마나 많은 글을 써야겠는가. 그렇다고 무한정 할 수 있는 것도 아니다. 순식간에 해치울 수 있는 일도 없다. 출연할 수 있는 방송 프로그램은 정해져 있고, 원고 한 편 쓰려면 최소한 3일은 고민하고 준비해 초고를 쓴 다음 계속 고쳐야 한다. 30만 원 안팎의 수고비를 받는 강의도 마찬가지다. 강의 한 번 준비하는 데 3일은 필요하다. 심사의 경우에는 최소한 하루를 쏟아부어야 하고, 한 번에 30만~50만 원 정도 받는다. 그나마 수입이 가장 낮지만 이 일은 자주 생기지 않는다. 실상이 이러하니 다른 일을 겸하지 않으면 버틸 수 없는 직업이라 해도 과언이 아니다. 실제로 음악평론가 중에는 방송국이나 콘텐츠 제작사 같은 직장에 다니는 이들이 많다. 전업 음악평론가가 여전히 드문 이유, 새로운 음악평론가가 늘지 않는 이유, 전업 음악평론가들이 자신에게 들어오는 일을 가려서 받기 어려운 이유다.

예술 분야는 대개 봄, 가을에 일이 몰리고 겨울에는 일이 적다. 들어오는 일을 가리기 어려운 또 다른 이유다. 봄부터 가을까지 부지런히 움직여 장작과 연탄을 쌓아둬야 겨울을 무사히 날 수 있다. 그렇다고 아무 일이나 다 하지는 못한다. 잘 모르는 일, 잘할 수 있다는 자신이 없는 일은 사양하게 된다. 그런 일은 다른 전문가를 추천하는 경우가 더 많다. 그게 마음 편하다. 다른 평론가도 먹고살아야 한다.

이런 상황에서 어떻게 생계를 유지하며 19년째 현업 평론가로 살고 있는지 신기할 때가 한두 번이 아니다. 계획과 비전을 갖고 시작하지 않았다. 단지 음악 글을 쓰면서 살고 싶어 무턱대고 도전한 일이었다. 자신감 같은 게 있었을 리 만무하다. 다만 어떻게든 해보고 싶은 마음뿐이었다. 그러다보니 헛발질을 많이 했고, 실수도 넘쳐났다. 돌이켜보면 이불을 걷어찰 만한 일이 한둘 아니다.

그럼에도 대중음악의견가로 살 수 있는 건 이런 나를 어여삐 여겨준 이들이 있었기 때문 아닐까. 내가 음악평론을 시작할 때 한국 대중음악계에 많은 변화가 이어진 덕분이기도 하다. 대중음악 웹진을 통해 글을 쓸 수 있는 시대가 아니었다면, 인디 신이 계속 성장하고 훌륭한 음반들이 나오지 않았다면, 대중음악 페스티벌이 늘어나고 음악 생태계가 변화하지 않았다면 나도 할 말이 없었을 것이다. 이야기할 기회조차 얻지 못했을 것이다. 1990년대 강헌, 김창남, 박준흠, 성우진, 신현준, 이영미 같은 평론가들이 애써서 대중음악평론을 전문화하고 독립시키지 않았다면 지금 나는 음악평론의 필요성과 가치를 보여주고 일거리를 만들기 위해 아등바등해야 했을지 모른다.

비교적 안정된 위치에 있지만 안심할 수 있는 상황은 아니다. 19년째 하고 있고 해본 일도 많지만 결과물은 늘 부끄러운 데다 특별한 기술이라고 주장하기 어려운 직업이다. 자영업자처럼 내가 일을 벌여 돈을 벌 수 없는 직업이다. 누군가 일을 줄 때까지 기다려야 한다. 당연히 불안할 때가 있다. 지금도 언제든 그만두게 될 수 있다고 각오하곤 한다. 기대 수명이 길어진 세상에서 언제까지 대중음악의견가로 살아갈 수 있을지, 언제까지 해도 되는지 계속 생각하는 이유다. 이 일을 그만두면 무슨 일을 하면서 살아야 하나 싶은 걱정을 안 해봤다면 거짓말이다.

대부분의 전업 평론가와 예술가들은 잘하고 싶다는 욕망과, 잘해야 한다는 의무감과, 생활을 해야 한다는 압박을 동시에 짊어진 채 살아가지 않을까. 일이 끊기면 어쩌나 싶어 살얼음 위를 걷는 듯 불안감에 시달리다가, 누군가의 호평에 힘을 얻고, 어디선가 일을 부탁하면 가슴을 쓸어내리며 작업을 시작할 것이다. 내놓은 결과물이 별다른 반응을 얻지 못하거나 혹평을 받으면 기운이 빠졌다가 다시 주섬주섬 이 궁리 저 궁리 하면서 작업을 이어갈 것이다.

작업의 목표는 생계만이 아니지만, 생계를 잇지 못하면 지속할 수 없다. 날마다 물을 길어올려 근육을 다지고, 적은 물로도 버틸 수 있는 몸을 만들며, 밑 빠진 독에 물을 붓는 데 이골이 난 사람들이 예술가와 평론가다. 물독이 차지 않는다고 실망하지 않고, 단순노동의 반복을 견디는 사람들이 날마다 물동이를 짊어지고 있다.

오늘도 부끄러운 이유

내가 예술계에서 일을 하니 근사하다고 생각할지 모르겠다. 예술가들과 친하게 지내고, 이따금 방송에 출연하며, 원하는 공연을 공짜로 본다고 누군가 부러워하지 않을까. 방송에 자주 출연하는 평론가는 셀럽처럼 보이는 세상 아닌가.

하지만 나는 예술가들과 가깝게 지내는 편이 아니고, 공연도 티켓을 사서 볼 때가 더 많다. 자본주의사회에서 쉽게 벌고 즐겁게만 할 수 있는 일이 있긴 할까. 원고료는 좀처럼 오르지 않고, 강의나 심사를 해도 수고비는 적다. 기를 써서 책을 내지만 죽어라 안 팔린다. 글을 써도 읽는 사람은 극소수다. 방송에 나오는 평론가는 한두 명뿐, 미욱한 내 몫이 아니다.

그렇다고 무슨 일이든 안 할 수 없다. 일을 해야 배우고 직함답게 살아간다. 수고비가 적다고 안 하면 할 수 있는 일이 없다. 일로 관계를 맺고 나를 보여주어야 다른 일을 할 기회가 생긴다. 연초에는 일이 없다보니 봄가을에 최대한 열심히 일해야 하는 신세이기도 하다.

그 결과 어떨 때는 일하러 가는 열차 안에서 일을 하고, 돌아오는 버스 안에서 다시 일을 한다. 얼마나 열심히 일하는지 과시할 생각은 추호도 없다. 누구든 단내나게 일하는 시간이 있고, 밥벌이는 고단하다는 이야기를 하려는 것뿐이다.

그렇다고 즐거운 순간이 없을까. 남다른 생각을 근사하게 표현한 글을 써내면 놀랍고, 하고 싶었던 일을 하게 되면 신이 난다. 써놓은 글의 반응이 좋을 때는 안타라도 친 기분이 들기도 한다. 하지만 결과물이 만족스러워 기쁜 순간은 드물고 금세 지나간다. 오늘 괜찮은 글을 써냈더라도 내일은 새로운 글을 써야 한다. 어설픈 글을 써내면 즉시 조롱당하는 세상에서는 자족하거나 자만할 여유가 없다. 시키지 않아도 음악을 듣고 책을 읽으며 다른 이들의 이야기를 살피는 이유다. 나는 끊임없이 평가당하는 일을 하는 사람이다. 한 달 벌어 한 달 사는 무정규 지식 노동자다.

사실 모든 삶에는 기쁨이 보물찾기처럼 숨겨져 있다. 실패하는 시간, 뜻대로 되지 않는 순간도 지뢰처럼 묻혀 있다. 삶의 기쁨과 어려움은 꾸준히 교차한다. 그 순간을 받아들이고 견디는 수밖에 없다. 기쁜 순간에 감사하되 날뛰지 말아야 하고, 답답한 순간을 인정하고 반성하고 되새기고 극복하려 발버둥치되 다른 이들 앞에서는 아무 일 없었다는 듯 웃어야 한다.

계속 일하며 살아야 한다는 지엄한 운명이 자본주의사회

를 사는 인간의 어려움이라면, 혼자서만 일하며 살 수 없다는 데 일의 어려움이 있지 않을까. 혼자 하는 일은 나만 잘하면 되지만, 함께 일을 하다보면 별별 경우를 다 만난다. 별별 사람을 마주한다. 함께 일하는 시간은 좋은 사람 덕분에 웃는 시간이다. 세상이 호락호락하지 않고 사람은 알다가도 모른다는 사실을 배우는 시간이다. 내가 어떤 성격과 품을 가진 사람인지 깨닫는 시간이다. 여유를 갖고 대응하거나 단호해지는 훈련의 시간이다.

공연 모니터링을 하러 가는 버스 안에서 2시간 뒤에 있을 공연이 취소됐다는 연락을 받은 일은 여전히 황당했던 기억의 첫 번째에 자리한다. 문제와 고통은 권력에서 비롯되는 경우가 대부분이다. 심사를 하러 가서 특정 예술단체를 배려해달라는 요청을 듣는 일은 더 이상 놀랍지도 않다. 권력은 곳곳에 실핏줄처럼 퍼져 있다. 많은 예술가들이 지원금 몇백만 원을 얻기 위해 최선을 다해 지원서를 써내는데, 어떤 단체는 작년에 썼던 서류를 재활용하고도 수천만 원을 받아내는 모습을 보면 속이 뒤집어진다.

하지만 일개 심사위원이 아무리 열을 내도 관행이 된 문제를 즉시 바로잡기는 불가능하다. 세상은 수많은 권력과 관계의 카르텔로 채워져 있으며, 나는 심사라는 이름의 요식행위를 수행하는 일회용 배우일 뿐임을 인정해야 할 때는 자괴감이 들었다. 일을 하다보면 납득할 수 없는 개입과 요구를 감당해야 하는 경우가 반드시 있다. 약소한 수고비에 따라오는 압박이 얼마나 무거운지 몰랐던 나는 얼마나 어리석었는지. 그러한 사실을 깨달은 후 모든 수고비에는 엿 같은 권력과 상황에 대한 인내수당과 침묵수당이 포함되어 있다고 확신하게 되었다.

일을 하면서 얻은 것은 다양한 경험 그리고 역할과 위치에 따라 달라지는 인간 군상에 대한 데이터베이스다. 세상 사람들은 누구나 입장이 있고 할 말이 있다. 누구도 자신이 나쁜 사람이라는 사실을 인정하고 싶어 하지 않는다. 정말로 사람이 악해서 생기는 문제도 있었지만, 대부분은 단지 시스템과 위치 때문에 발생한다.

일을 하다보면 서로의 위치가 달라 생기는 빙벽 앞에서 멈춰 서야 할 때가 있다. 처음에는 화를 못 이겨 무턱대고 들이받았다. 하지만 내 막무가내에 뚫릴 만큼 허술한 권력의 얼음벽은 없었다. 분통을 삼키며 물러서는 경험이 쌓이면서 점점 더 같은 상황에서는 무엇을 얻고 무엇을 포기할지 고민하게 되었다. 어떻게 말하고 행동해야 다른 이들을 설득할 수 있고 나를 지킬 수 있는지 따져보아야 했다. 금세 욱하고 대책 없이 따지는 성격 탓에 수없이 부딪친 뒤에야 상황에 따라 생각을 드러내지 않고 묵묵히 입을 닫아버려야 한다거나, 다시 안 볼 각오를 하고 물고 늘어져야 한다거나, 원칙을 확인한 뒤 웃으며 헤어져야 한다는 사실을 깨달았다.

그만큼 함께 일한다는 건 어렵다. 사람은 모두 다르고, 타협하고 싶지 않은데 타협해야 하며, 웃고 싶지 않은데 웃어야 할 때가 있기 때문이다. 그렇게 해서라도 돈을 벌어야 살 수 있기 때문이다. 사태를 빨리 파악하고 순순히 포기할 만큼 눈치가 빠르거나, 상대를 배려하는 품성을 타고났거나, 이러나저러나 웃으며 넘어갈 만큼 둥글둥글하고 능청맞은 성격이면 좋을 텐데, 아니, 그저 고집이라도 없었으면 인생이 조금 덜 고달팠을 텐데. 금세 흥분하고 잘 따지는 성격 때문에 싸우고 씁쓸하게 돌아서는 순간이 적지 않았다. 오래 일하면서 이런저런 일들을 경험한 덕분에 어떤 일들에는 내성이나 요령이 생기기도 했으며, 성격이 좀 더 유들유들하고 끈질겨지기도 했지만, 자업자득으로 놓친 인연과 계속하지 못한 일이 얼마나 많을지 감히 세지도 못하겠다. 나는 업계 블랙리스트에 올라 있을지 모른다.

그래도 음악인단체 활동가 시절부터 시작해 25년쯤 일하다 보니 이런 이야기는 할 수 있을 것 같다. 문제가 생길 때 중요한 건 내 기분을 달래거나 싸움에서 이기는 게 아니다. 함께 일하는 이들의 서로 다른 위치와 문제의식 사이에서 공통점을 찾아내고, 본질적인 가치를 확인하면서 더 나은 내일을 기약하는 일이 중요하다. 그게 불가능하다면 나의 문제의식을 분명히 밝히고 퇴각하거나 입을 닫는 게 낫다. 그러려면 더 고민하고 상대를 존중하며 당당하게 고독해져야 한다. 가치와 목적을 위해 싸워서 욕먹거나 멀어지는 상황을 피해서는 안 된다. 좋은 게 좋은 게 아니다. 내가 옳기 때문이 아니다. 내가 틀렸더라도 자신의 판단에 솔직한 게 최선이다. 내 판단대로 밀고 나간 다음 결과에 책임을 지는 것이 나의 방식이어야 한다.

물론 지금 이런 글을 쓰고 있다고 해서 내가 말도 안 되는 이야기, 똥고집뿐인 이야기를 늘어놓지 않았을 리 없다. 내가 옳다는 자신감으로 상대의 자존심은 전혀 배려하지 않고 무례했을 가능성도 충분하다. 이렇게밖에 할 수 없을까 싶은 실망스러운 결과물 역시 수없이 내놓지 않았을까. 다른 사람은 다 아는 나의 허물을 나만 모르고 있을 게 분명하다. 오늘도 부끄러운 이유다. 쓰고 말하고 평가하는 일은 여전히 어렵고 두렵다.

이런 평론가 한 사람쯤 있어도
괜찮지 않을까

모르긴 해도 나처럼 인문사회과학 독서를 중요하게 생각하는 대중음악평론가는 드물 것이다. 문학이나 예술 분야의 책은 다른 평론가가 더 많이 읽을지 몰라도 인문사회과학 분야만큼은 내가 유독 많이 읽을 거다. 책을 많이 읽는다고 자랑하려는 게 아니라 내가 그런 사람이라는, 그 일이 중요하다는 이야기를 하려는 것뿐이다.

독서는 혼자서도 하고 공부모임을 꾸려 사람들과 함께하기도 한다. 인문사회 공부모임, 미학예술 공부모임, 페미니즘 공부모임을 하면서 책을 읽고 있다. 인문사회 공부모임은 15년쯤 되었고, 미학예술 공부모임은 10년이 넘었다. 페미니즘 공부모임도 6년째 하고 있으니 모임에서 읽은 책들이 적지 않다.

인문사회과학 책을 읽는 이유는 명확하다. 세상을 바꾸고 싶고, 평론가는 세상에 대해 말해야 한다고 생각하기 때문이다. 대부분의 평론가들은 진보적 성향이어서 그들 역시 세상이 바뀌기를 바랄 테지만, 그 생각이 실제 삶과 글에서 차지하는 비중은 사람마다 다르다. 나는 음악과 예술만큼 세상에 관심이 많다. 그냥 관심이 많은 게 아니라 지향과 태도가 분명하다. 자본주의체제를 뒤엎어야 한다고 믿으며, 가부장제까지 무너뜨리고 싶다. 진보정당이 집권했으면 좋겠고, 기후위기에 전 세계가 공동 대응해야 한다고 생각한다. 그렇게 만들기 위해 가만히 있으면 안 된다고, 뭐든 계속해야 한다고 다짐한다. 그래서 책을 읽고 소셜미디어에 이런저런 생각을 올리며 다른 이들과 이야기를 나눈다. 시민사회단체에 가입하고 회비와 후원금을 내는 이유, 집회와 시위에 나가는 이유이다.

나는 음악평론가가 되기 전에 활동가 생활을 먼저 했다. 나의 혈관에는 음악마니아와 평론가의 피만 흐르는 게 아니다. 내 안에는 활동가의 피가 함께 흐른다. 평론가로 살면서도 누가 시키지 않았는데 음악인 시국선언을 두 번 주도하고, 문재인 정부 시절 블랙리스트 관련 음악인 일인시위를 진행한 이유다. 차별금지법제정연대 문화예술인 지지선언을 조직하려고 애쓴 이유이기도 하다. 심장은 여전히 운동권의 피로 두근거린다. 대학에 입학한 1991년 전에 이미 그렇게 되어버렸다. 고등학생 때 책을 읽고 음악을 듣고 사람들을 만나면서 일찌감치 그런 사람이 되어버렸다.

투쟁하며 살아야겠다는 다짐은 계속 쌓이고 단단해졌다. 수많은 열사의 죽음을 마주하며, 쏟아지는 최루탄 속에서, 격하게 부르는 노래와 함께 읽은 책과 글들로 약속은 굳건해졌다. 사회에 나와 활동가 생활을 하고 프리랜서로 살아갈 때도 마찬가지였다. 책과 집회와 사람들이 나를 지켜주었다. 세상의 고통을 알려주면서 나를 흔들었고, 다짐이 흔들리지 않게 채찍질했다. 자주 부끄럽게 했을 뿐 아니라, 때로는 함께할 수 없는 이들과 결별하도록 만들어 구태의연해지지 않을 기회를 주었다. 넓게 볼 수 있게 도와주었음은 물론이다.

인문사회과학 책을 읽는 일은 뒤떨어지지 않으려는 발버둥이다. 세상을 바꾸려 애쓰는 이들에게 폐 끼치지 않으려는 최소한의 예의다. 앞장설 깜냥과 능력은 없지만 세상을 바꾸려는 사람들 중 한 사람으로 따라가고 싶다. 포기할 수 없는 꿈이다. 삶의 중요한 목표다.

평론은 예술과 작품에 대해서만 이야기해서는 안 된다고 믿는다. 평론을 읽기 시작하며 마음에 품은 선생님들 덕분이다. 강헌, 김명인, 김창남, 김형수, 염무웅, 이영미, 정성일처럼 내가 사숙해온 평론가들은 모두 시대를 논했다. 한때나마 혁명을 꿈꾸었다. 싸우고 증언하는 예술을 옹호했다. 게오르그 루카치, 발터 벤야민 같은 외국의 평론가들 역시 마찬가지였다. 나 또한 담론을 만드는 평론가, 시대를 조망하고 예언하는 평론가가 되고 싶었다. 이젠 그럴 능력을 가지지 못했고 그 정도의 깊이가 없는 미련퉁이라는 것을 인정하며 살지만, 꿈을 완전히 단념하지 않았다. 오르고 싶었던 봉우리를 정복하지 못해도 그곳으로 향하는 눈길만은 미처 거두지 못했다. 요즘은 시대를 이야기하는 평론가보다 어떤 작품을 접하면 좋을지 골라주는 평론가, 평가하는 평론가보다 해설해주는 평론가를 선호하는 시대다. 그래서 나도 플레이리스트를 공유하지만, 음악평론가의 역할이 음악감별사 정도라고 생각한 일은 한 번도 없다.

예술은 삶을 위해 존재하고 복무한다. 예술은 세상의 일부이며, 삶의 일부이다. 태어날 때부터 그렇게 태어났고, 앞으로도 그래야 한다. 비록 지금은 예술이 자본주의의 첨병 같은 상품이 되어버렸고, 상류계급의 장식품이나 방어막으로 기능한 지 오래이며, 심지어 어떤 예술가와 평론가들은 그 일원이 되지 못해 안달하지만, 여전히 어딘가에는 삶을 경외하며 쓰고 그리고 노래하고 춤추는 예술가가 있다. 고통에 연대하고 작품으로 싸우는 예술가가 있다. 직업으로 활동가의 길을 가는 이들도 많다.

어떤 길은 아예 단념해버린 사람들. 포기한 것이 아니라 거부한 사람들. 그들에게 배우기 위해 인문사회 책을 읽는다. 그들과 함께 있기 위해 공부한다. 물론 깃발을 들었다는 이유만으로 무조건 호평해서는 곤란하다. 진보적인 예술작품을 정확하게 평가하기 위해서도 공부가 필요하다. 무엇을 이루었고 무엇이 부족한지 솔직하게 말함으로써 책임을 다하기 위해 공부한다.

화려한 스포트라이트를 받는 예술이 놓쳐버린 정신을 찾아내기 위한 공부다. 유행에 잡아먹히지 않기 위한 방어이며 인기에 끌려다니지 않으려는 자존심이다. 고통에 연대하는 예술이라는 깃발을 내려도 좋을 시대는 한 번도 없었다. 누구에게나 좋은 시절은 좀처럼 오지 않았다. 꾸준히 읽은 책들은 세상 좋아졌다고 말하지 못하는 사람들의 삶을 끈질기게 보여주었고, 세상 좋아졌다고 말하는 사람이 누구인지 알려주었다. 내가 어느 쪽에 서 있는지 직시하게 만들고, 어느 쪽에 서 있겠냐고 물었다. 그 질문에 답하다보니 미안해서라도 먼저 자리를 뜨거나 옮길 수 없었다. 이제 와 다른 봉우리를 기웃거리고 싶지도 않다. 그만큼 한가하지 않다. 이렇게 살아야 한다고 믿는 평론가, 이렇게 사는 하루하루가 소중한 평론가가 적어도 한 사람쯤 있어도 괜찮지 않을까.

음반 리뷰를 어떻게 쓰냐고
묻는다면

음악 리뷰를 쓰려면 우선 음악을 정해야 한다. 그 음악을 정하기 위해서는 당연히 음악을 들어야 한다. 모든 평론가의 시간은 리뷰를 쓰든 쓰지 않든 계속 보고 듣고 읽는 일로 채워진다. 나도 마찬가지다. 리뷰를 써야겠다고 생각한 음악만 골라 듣지 않는다. 좋아하는 음악인의 새 작품을 듣고, 사람들에게 인기를 얻고 있는 음악을 듣는다. 이름을 아는 음악인의 신작은 반드시 듣는다. 동료 평론가가 추천하거나 화제가 되면 당연히 들으려 한다. 평론하지 않는 장르라고 듣지 않을 이유는 없다. 궁금해서 듣고 알아두려고 듣는다. 언젠가는 리뷰를 하면 좋겠다고 꿈꾸며 듣는다. 새로 나온 음반과 싱글을 듣다가 꽂히면 그때 이 음반에 대해 써봐야겠다고 마음먹는다. 그런 음악을 만날 때까지 계속 들으면서 블로그에 별점을 매겨두는 일이 오래된 습관이다. 날마다 온라인 음악 스트리밍서비스를 확인하고, 음악 보관함 정리하는 일을 반복한다. 나의 신세는 낚싯대를 드리우고 하염없이 기다리는 강태공과 다를 바 없다.

리뷰 쓸 음악을 결정한 다음에는 계속 듣는다. 예전에는 한 장의 음반 리뷰를 쓰기 위해 최소 30번을 들었다. 이제는 시간이 없어 그만큼 듣지는 못하지만 최소한 10번 이상 듣는다. 그 정도는 들어야 음악에 담긴 생각이 보인다. 처음엔 가사를 보지 않고 듣고, 그다음에 가사를 보면서 듣는다. 연주자의 이름과 악기 목록을 보면서 듣고, 전작과 비교하면서 듣는다. 예전과 같은지, 아니면 달라졌는지 기억을 더듬으며 듣는다. 같은 장르의 음악인들이 내놓는 음악과 어떤 차이가 있는지 살펴보면서 듣는다.

나는 특히 제목을 감안하며 듣는다. 제목은 음악이 표현하려는 이야기의 소재이거나 주제일 때가 많다. 제목은 음악이 펼치는 풍경을 찾아가는 지도다. 음악인이 어떤 이야기를 하려는지 일단 제목으로 감을 잡고 음악으로 걸어간다. 음악인은 제목으로 예고한 세계를 악기와 보컬의 멜로디, 화음, 비트, 사운드, 노랫말 등으로 창조하는 조물주다. 반면 비평가는 음악인이 직조한 낯선 이야기와 세계의 문을 열고 들어온 이방인이다.

하지만 길을 잃고 헤매는 일은 좀처럼 없다. 음악은 멜로디와 리듬의 반복이라는 공통의 문법을 사용하기 때문이다. 비평가는 얼른 실마리를 찾아 그것을 등불 삼고선 포복하듯 샅샅이 훑는다. 드론을 타고 전체를 조망하듯 수색한다. 현미경을 들이대야 하는 순간도 있다. 다른 사람이 쓴 라이너노트

liner note⁺는 읽지 않는다. 자칫 영향받을 수 있기 때문이다.

그렇게 음악을 듣다보면 예상대로 이야기가 펼쳐지기도 하지만, 그렇지 않은 경우도 많다. 예상할 수 없는 미지의 세계를 만나는 설렘이 음악을 듣는 기쁨 가운데 하나다. 계속 들으면 보인다. 어떤 이야기를 하려는지, 어떤 감각을 표현하고 싶은지, 어떤 분위기를 만들고 싶은지 느껴진다. 어떤 사운드를 만들려 했는지 차츰 울림이 온다. 사실 좋은 음악은 대부분 금세 느낌이 온다. 좋은 음악은 듣는 즉시 귀가 빨려든다. 심장에 느낌표가 팍팍 찍히고 신경이 곤두선다. 음악에 반하는 데는 긴 시간이 필요하지 않다. 첫눈에 반해 사랑에 빠지는 속도만큼 빠르다. 음악평론가는 음악을 통해 세상을 보고 느낀다. 어떤 이야기가 출현하고, 어떤 장르가 득세하는지 확인하면서 세상의 변화를 가늠한다. 소리의 결이 달라지는 일도 변화의 증거다.

개인적인 호불호를 이야기할 때도 있고, 요즘에는 그런 이야기를 더 좋아하는 추세지만, 평론은 음악이 어떤 이야기를 하고 있는지 파악하고 정리하기 위해 쓰는 글이다. 그 이야기를 어떤 소리로 표현했는지 분석하기 위해 쓰는 글이다. 그 소리와 이야기에 어떤 특징이 있고, 얼마만큼의 성취가 있는지 평가하기 위해 쓰는 글이다. 그래서 리뷰를 쓸 때는 그 음악

⁺   음반에 대한 소개글. 대개 음악평론가나 음악인이 쓴다.

이 어떤 이야기를 어떻게 표현하려고 했으며, 그 노력이 어떻게 성공했거나 왜 성공하지 못했는지에 대해 쓴다. 그 이야기와 소리가 지금의 음악계와 사람들의 삶에 어떤 의미와 가치가 있는지 쓴다.

나에게 어떻게 들렸고, 어떤 부분에서 끌리고 실망했는지, 그 이유가 무엇인지를 실제 노랫말과 소리를 통해 이야기하는 일이 중요하다. 리뷰는 단순한 감상문이 아니라 평가하는 글이며, 평가에는 근거가 있어야 한다. 음악을 전공하지 않아 코드를 분석하거나 음표를 그려가며 이야기할 수는 없지만, 무엇 때문에 감동했거나 실망했는지 이야기하지 않는 글은 평론이 되지 못한다.

비평의 근거는 작품 안에 있지만, 작품만이 근거가 되지는 않는다. 예술가의 삶도 근거가 된다. 또한 평론은 작품을 평가하는 일인 동시에, 평론가의 시선을 보여주는 일이다. 같은 작품을 사람마다 다르게 느끼듯, 같은 음악도 평론가마다 다르게 들릴 수 있다. 평론가에 따라 전문 장르가 다르고, 음악에서 중요하게 생각하는 가치에도 차이가 있다. 끌리는 질감도 제각각이다. 세대, 젠더, 계급, 철학을 비롯한 정체성이 작동하는 순간이다.

평론은 그 차이를 보여주는 일이기도 하다. 평론은 한 사람의 평론가가 중요하게 생각하는 가치와 아름답다고 생각하는 소리의 기준을 드러내고, 그 기준대로 평가하면서 감각과 판단의 근거를 공개하는 일이다. 나는 이렇게 듣고 느끼고 생각했다고 고해성사하듯 털어놓는 일이다. 자신의 패를 다 보여주는 일이다.

또한 내 생각은 이러한데 당신의 생각은 어떠냐고 말을 걸고 설득하는 일이기도 하다. 상대에게 말을 걸기 위해서는, 이름을 걸고 글을 쓰기 위해서는 느끼고 생각한 대로 써야 한다. 좋아하지 않는 음악인데 인기 있다고 좋아하는 척하면 안 된다. 미숙한 작품인데 정치적으로 올바르게 보이기 위해 호평해선 안 된다. 자신에게 정직해야 한다는 약속은 평론가가 지켜야 할 첫 번째 맹세다. 누가 뭐라든 자신의 감각과 판단대로 써야 한다. 평론가는 자신의 감각과 판단에 책임을 지는 사람이다. 인기와 생계를 위해 피해가거나 거짓말하지 않고 늘 정직해야 한다.

주의해야 할 부분이 몇 가지 더 있다. 리뷰를 쓸 때는 당연히 읽는 사람이 이해할 수 있도록 써야 한다. 글의 흐름을 감안해 쓰고, 비문을 쓰지 않아야 한다. 맞춤법을 지키는 일은 기본이다. 필요하다면 난해한 개념도 쓸 수 있고, 누군가의 이론을 인용할 필요도 있지만 나는 그러지 않는 편이다. 그렇게 하지 않아도 충분히 이야기할 수 있기 때문이다.

사실 좋은 리뷰는 좋은 음반이 만든다. 좋은 음반은 듣는 이를 사무치게 만들어버린다. 글이 술술 나온다. 나중에 읽어보면 안다. 좋아하는 마음은 숨겨지지 않는다. 반대로 충분히 자극하지 않는 음악에 대해서는 술술 쓰지 못할 뿐 아니라, 잘 쓰기 어렵다. 억지로 쓴 글은 티가 난다. 그래서 나는 충분히 교감한 음악, 최대한 파악한 음악에 대해서만 이야기한다. 잘 모르는 장르의 음악은 들어도 제대로 설명하거나 평가하지 못한다.

그렇지만 살다보면 이야기해보지 않은 장르와 주제에 대해서도 이야기해야 할 때가 있다. 그럴 때는 고민을 많이 하고 긴장하며 쓴다. 미지의 길을 가는 일은 늘 두렵다. 그래도 때로는 도전해서 배우기도 한다. 하던 이야기 안에만 머물렀다가는 정체될지 모른다. 한 사람의 직업인으로 오래 일하려면 금세 낡아버릴 자신을 날마다 수리하고 갈아 끼워야 한다.

그렇게 살아가며 쓴다. 내가 쓴 리뷰가 음악의 가치와 의미를 정확하게 찾아내고 전달하기를 바라며 쓴다. 음악계의 일원으로 평론의 역할을 생각하며 쓴다. 평론가의 권위는 떨어졌지만 그래도 좋은 음악을 알리는 데 도움이 되면 좋겠다고 생각하면서, 내가 느끼고 생각하는 방식을 참고해 사람들이 음악을 더 깊이 이해할 수 있게 되길 바라며 쓴다. 실은 늘 제대로 쓴 건지 의심하면서 쓴다. 이렇게밖에 못 썼나 좌절하고 부끄러워하면서 쓰고, 가끔은 내가 이렇게도 썼다고 놀라면서 쓴다. 쓸 수 있어서 다행이라고, 쓰는 사람이라 행복하다고 생각하며 쓴다.

평론은 술래잡기

음반 리뷰를 쓰다보면 가끔 그 음반을 낸 음악인에게 잘 써줘서 고맙다는 이야기를 듣곤 한다. 내가 쓰는 리뷰 대부분이 호평이기 때문일까. 음반을 알리는 데 도움이 되고, 평론가의 인정을 받으니 만족스러워서일까.

모르겠다. 한 번도 뭐가 고맙냐고 물어보지 않아서 정확한 이유를 듣지 못했다. 행여 물어봤다면 상대가 당황하지 않았을까 싶은데, 그래도 여전히 궁금하다. 뭐가 고마운 걸까. 이런 인사는 모처럼 만난 지인에게 페이스북 잘 보고 있다고 이야기하는 것처럼 통상적으로 건네는 선의의 표현일 뿐일까. 마치 언제 차 한잔하자고, 밥 한번 먹자고 이야기하는 것처럼.

고맙다는 말의 이유가 궁금한 이유는 내가 애정결핍형 인간이기 때문이 아니다. 평론가로서 작가의 의도를 정확하게 파악했는지를 가장 중요하게 생각하기 때문이다. 그렇다. 나는 작품이 작가의 의도를 표현하고 관철하는 창작물이라고 생각한다. 예술가는 의도를 갖고 작품을 만든다고, 의도 없이 작품을 만들지 않는다고 확신한다. 의도 없이 내키는 대로 작품을 만든다면 공들여 작품을 구상할 필요 없고, 계속 다듬을 필요 또한 없을 테다. 순식간에 작품을 만들어낼 수 있을 것이다. 실제로 그렇게 만들어내는 작법이 있기도 하다.

사실 요즘에는 작가의 의도를 파악하는 일보다 각자 자유롭게 느끼고 해석하는 방식을 더 근사하게 여기는 분위기다. 열린 결말이 더 자유롭고 세련된 것처럼 여겨지는 분위기도 있다. 포스트모더니즘의 영향이지 않을까 싶은데, 그러다보니 작가들도 명확한 결론을 내지 않고 다양하게 해석할 수 있도록 마무리하곤 한다.

하지만 나는 열린 결말이든 닫힌 결말이든 모든 작품에는 작가의 의도가 존재한다고 믿는다. 작가 자신의 이야기인지 아닌지는 전혀 중요하지 않다. 사람들은 작품 속에서 작가의 흔적을 찾아내기를 즐기지만, 작품 속 주인공은 작가 자신일 수도 있고, 아닐 수도 있다. 평론은 작품 속 주체가 누구든 주체에 담아둔 작가의 목소리를 찾아내는 일이 우선이다. 작가의 의도를 찾아내지 않아도 되고, 각자 자유롭게 해석해도 된다는 의견에는 전혀 동의하지 않는다. 모든 작품에는 작가가 살아온 시대, 작가가 지닌 정체성, 작가의 삶이 가리키는 방향이 있다. 그 방향을 존중하지 않는 해석은 자유가 아니라 오만이고 아전인수이며, 평론은 작가가 자신의 의도대로 표현하고 구현했는지 평가하는 일이다. 작품 속 모든 것을 작가가 완벽하게 조율하고 통제하지는 못한다 해도, 이렇게 평가해야 정확한 평론을 할 수 있지 않을까. 작가의 의도 따위는 상관없이, 각자 느낀 대로 해석했다가는 엉뚱하고 잘못된 평론을 해버릴지 모른다. 작가의 의도를 완벽하게 알아내기 어렵더라도 작품을 깊이 들여다보고 끈질기게 살피는 이유는 오해와 착각을 최대한 줄이기 위해서다.

물론 모든 작품은 오독의 운명을 피할 수 없다. 사람들은 자신의 위치에서 작품을 보고 듣고 읽는다. 위치는 모두 다르다. 삶이 다르기 때문이다. 정체성이 다르기 때문이다. 나이가 많거나 적거나, 남성이거나 여성이거나 다른 성이거나, 피부색·계급·종교·가치관 등등의 차이에 따라 다르게 해석하고 흡수한다. 그래서 같은 작품을 동시에 접해도 사람마다 다른 장면에서 감동받는다. 그걸 굳이 틀렸다고 할 필요는 없다. 작품은 살아 숨 쉬는 존재, 즉 고정불변하는 화석이 아니라 시대에 따라, 사람에 따라 다르게 해석할 수 있는 생물체나 마찬가지이기 때문이다.

그 가능성을 인정하고 존중하면서도, 평론가는 고고학자처럼 작가의 의도를 찾아내 발굴한 다음, 작가의 의도가 지닌 깊이와 가치를 평가하고, 의도를 잘 구현했는지 분석하고, 그 의도가 지금의 사회에서 어떻게 해석되고 굴절되면서 변화하는지까지 살피는 역할을 맡았다고 생각한다. 이건 텍스트 비평을 할 때 주제와 표현 방법 둘 다에 집중하는 이유이다. 물론 내가 쓴 리뷰들이 이 같은 평론 방식을 철저히 고수하고 실현했다고 자신하기는 어렵다. 그럼에도 이 같은 원칙을 잊지 않으려 노력한다.

음악인에게 무엇이 고맙냐고 묻고 싶은 건 이 때문이다. 단지 호평했기 때문에 그런 인사를 듣고 싶진 않다. 의도를 정확하게 읽어내주어서 고맙다는 생각이 드는 쪽이기를 바란다. 음악을 전공하지 않았지만, 왜 그런 사운드를 구사하고, 그런 가사를 써냈는지 섬세하게 읽어내는 평론가이고 싶다. 음악인이 숨겨둔 이야기를 찾아내고, 음악인이 모르는 사이에 말해버린 이야기까지 알아채는 평론가, 음악인보다 음악인의 마음을 잘 아는 평론가, 그래서 음악인을 놀라게 하는 평론가이기를 꿈꾼다.

음악을 듣거나 공연을 보고 리뷰를 쓸 때마다 술래잡기하는 것 같다. "꼭꼭 숨어라 머리카락 보일라"라고 외치는 술래가 되어, "나 잡아봐라 용용 죽겠지" 하며 달아나는 음악을 뒤쫓는다. 음악인이 숨겨둔 보물을 찾는 게임을 하는 듯한 긴장감으로 쓴다. 나는 얼마나 눈 밝은 평론가일까. 얼마나 감 좋은 평론가일까. 얼마나 발 빠른 평론가일까. 얼마나 집요한 평론가일까.

평론가와 음악인의 거리

오래 일하다보니 아는 사람이 늘어난다. 나를 아는 사람, 내가 아는 사람이 증가한다. 당연히 음악계 사람이 가장 많다. 텍스트 비평만 하는 게 아니라 심사하고 강의도 하다보니 오며 가며 만나는 사람들이 많아서일까. 이따금 공연 연출과 연대 활동까지 하다보니 음반사/기획사 대표, 음악인, 기자, 평론가, 엔지니어 등 아는 이들이 꽤 생겼다.

동료 평론가 김학선은 나더러 홍대 이수성이라고 놀린다. 그만큼 아는 사람이 많아 보였나 보다. 내 MBTI 유형은 INFJ 인데도 사람들과 인사하는 걸 좋아한다. 길을 걸을 때 지나는 사람들 얼굴을 다 쳐다보는 습관이 있는 데다, 아는 사람에게는 반드시 먼저 다가가 아는 체하는 편이라 더더욱 그렇게 보였을 거다.

좋아하는 업계 사람이 없을 리 없다. 음악이 좋거나 성격이 좋아서, 일을 잘하거나 관점이 비슷하고 죽이 맞아서 함께 차를 마시거나 밥을 먹은 사람들. 나의 인간관계는 거의 일로 만난 사이다. 가장 큰 관심사가 음악이고, 음악 이야기하는 게 제일 즐거우니 음악판 사람들을 만나는 게 편하다. 애초에 평론가로 시작한 게 아니라 음악인단체 활동가로 일을 시작했기 때문에 친해져 오래 만나는 음악인들이 있다. 한번 따로 만나고 계속 만나게 되는 이들이다.

음악과 공연만 보고 판단할 때와, 음악을 만들고 기획하는 사람들의 이야기까지 듣고 평가할 때의 결론은 확실히 다르다. 그러다보니 창작자와 기획자의 의도를 정확하게 파악하려고 만나거나, 업계의 분위기를 이해하기 위해 만나기도 한다. 다른 위치에 있는 사람들의 이야기를 들어야 여러 측면에서 볼 수 있다.

그럼에도 음악인을 만나는 일은 조심스럽다. 아무리 꽁꽁 묶어도 마음은 쉽게 출렁인다. 친해지면 마음이 흔들릴까 걱정된다. 팔이 안으로 굽는다고 평론하거나 심사할 때 영향을 줄까 두렵다. 그러다보니 어지간해서는 음악인과 가깝게 지내지 않으려 하는 편이다. 이따금이라도 만나는 음악인은 한 손으로 세도 손가락이 남을 정도다.

나라고 궁금한 사람, 음악을 좋아해서 친해지고 싶은 사람이 없을까. 멋지고 근사해 반했다고 고백하고, 떨리는 마음으로 곁에 서서 같이 사진이라도 한 장 찍고 싶은 사람이 없을리 없다. 더욱이 요즘처럼 인맥과 친분을 과시하는 일이 일상화된 시대에 서로 아는 유명인에게 다가가 사람들에게 우리의 관계를 슬쩍 드러내면 어떨까 하는 상상을 해보기도 했다. 유명인들과 함께 찍은 사진을 올리는 사람들에게 내 얼굴을 오버랩해보기도 했다.

하지만 아무래도 그런 나를 용납하기 어렵다. 내가 음악인과 친해진다면 평론가의 알량한 권위와 권력 때문일 텐데, 그 권위와 권력을 이런 식으로 활용한다는 건 염치없는 일이다. 평론가가 아니었으면 만나지 못했을 테고, 나에게 곁을 내주거나 친절해지지 않았을 테니까 말이다. 가까이 가고 싶어도 못 가는 이들이 얼마나 많은지 아는데, 함께 찍은 사진을 소셜미디어에 전시하는 일 같은 건 내 입장에선 평론가의 권력과 인맥을 과시하며 약 올리는 일처럼 느껴진다. 평론가와 음악가가 한통속으로 보일 수도 있다. 그래서 그의 음악을 좋게 평가한다고 오해할 가능성 100퍼센트다. 호형호제하면서 어울렁더울렁 술 마시지 않고, 그 모습을 소셜미디어에 올리지 않는 이유다. 심지어 음악인의 나이가 많아도 '선생님'이라 부르지 않고 '○○○씨'라고 불러야 냉정하게 평가할 수 있지 않을까 싶어 내심 고민이다.

이렇게까지 생각하는 건 평론가와 음악인 사이에는 거리가 필요하다고 믿기 때문이다. 음악인과 평론가는 음악 생태계의 일원이라는 점은 동일하지만, 서 있는 곳이 다르다. 바라보는 곳이 다르고 역할이 다르다. 다들 음악을 좋아하고, 음악계가 건강하게 성장하기를 바라지만, 작품을 생산하는 사람과 평가하는 사람에게 당근과 채찍은 엇갈린다. 좋은 게 좋은 게 아니다. 평론가의 본업이 음악가에게는 채찍이 될 수 있고, 반대의 경우도 얼마든지 가능하다. 서로의 역할을 존중하면 될 일이지만 역할이 달라 생기는 간극은 메울 수 없고 메울 필요도 없다. 평론가와 음악인은 거리를 두고 서로를 존중하는 게 최선이다.

결과물과 사람은 동일하지 않다는 사실에 대해서도 생각해볼 필요가 있다. 유교의 역사가 깊은 한국에서는 예술가가 수기치인修己治人하기를 바라고, 예술가가 자신의 작품과 다르지 않은 삶을 살기를 기대한다. 하지만 우리는 모두 연약하고 모순적인 인간일 뿐이다. 누구도 작품만큼 따뜻할 수 없고 엄격할 수 없다. 작품보다 진지할 수 없다. 작품은 고칠 수 있지만, 해버린 말과 행동은 고칠 기회가 없기도 하다. 작가가 작품과 너무 다른 모습을 보여주지 않도록 노력할 필요는 있겠지만, 작품과 작가가 100퍼센트 똑같기를 요구하는 건 무리한 환상이고 결벽이다.

작품은 작가의 삶에서만 나오지 않는다. 삶 앞에 정직한 작품은 위대하지만, 작품은 작가의 상상이기도 하고, 무의식에서 출발하기도 한다. 그러니 작가와 작품은 다른 존재임을 인정하는 게 낫다. 예술가는 개인이고, 개인의 세계는 뒤죽박죽이며 엉망진창이다. 사람들은 누구나 곧 터져버릴 것 같은 쓰레기통을 겨우 욱여 닫으며 살아간다. 가끔은 봐도 못 본 척

눈감아주는 게 상대를 존중하는 최선일 때도 있다. 우리는 다른 사람을 절대 다 알 수 없다. 다 알아야 사랑할 수 있는 게 아니다. 작가나 작품을 대할 때도 열애가 최선은 아니다. 열렬한 반응만 응원이 아니고, 보이지 않는 곳에서 박수를 보내도 얼마든지 들을 수 있다. 너무 가까이서 사랑하면 서로의 체온에 불타버리기 쉽다. 적당한 거리가 사랑하고 존중하는 마음을 지킨다.

그래도 상관없다고, 다 이해한다고 말하는 사람도 있다. 사람을 알고 나면 작품이 더 좋아진다고 생각하는 사람도 있다는 걸 안다. 애정은 그만큼 힘이 세다. 그렇지만 나는 예술가를 알게 되면 작품과 거리가 생기지 않았다. 자꾸 그 예술가의 목소리로 작품을 읽게 되는 데다, 작품과 다른 언행에 실망하면 몰입도가 떨어져버렸다. 그동안 만난 예술가 가운데 알려진 이미지와 실제가 다른 이들이 없지 않았다. 그렇다고 그들의 작품에 코웃음 치거나 뒷담화를 하지는 않았지만, 그를 알기 전에 품었던 동경과 흠모를 다시 느끼지는 못했다. 차라리 모르는 게 나았다.

내가 그랬듯 나를 만나고 실망한 이들도 많을 것이다. 말과 행동이 다른 사람이라는 걸 들켜버려 항상 미안하다. 이런 경험이 쌓이다보니 예술가의 사적인 모습에 너무 깐깐하게 굴진 않게 된다. 그 또한 노력하는 사람일 것이다. 노력해도 안 되는 부분이 있는 사람일 것이다. 매일 밤 이불을 걷어차며 후

회하는 사람, 자다 벌떡 일어나 지난날의 자신을 원망하는 사람일 거다.

내가 해내지 못하는 일을 누군가는 해내며 살아간다면 대단한 일이지만, 완벽한 사람은 없다. 완벽해야 사랑하는 게 아니다. 무조건적인 지지가 최고의 사랑도 아니다. 그저 자신에게만 너그러운 사람이 되지 않기만 해도 다행이다. 그 생각으로 조마조마하다. 예술가든 누구든 쉽게 사랑하고 쉽게 실망하고 쉽게 미워하지 않기 위해 오늘도 마음의 저울 위에 오른다.

무조건 편들기는 위험하다

동의할 수 없는 반응을 접할 때가 있다. 그중 하나는 여성을 주인공으로 하거나 성소수자의 삶을 다룬 예술작품에 대한 일부의 반응이다. 여성과 성소수자를 보여주긴 하지만 연기가 어설프거나 대체 무슨 이야기를 하려는 건지 알 수 없을 뿐 아니라, 너무 뻔한 이야기를 하는데도 일방적인 찬사를 보내는 이들이 적지 않다. 그런 반응을 접할 때마다 당혹스럽다.

내가 볼 때는 절대 잘 만든 작품이 아닌데, 열렬히 호응하는 다른 사람들의 모습을 보면서 처음엔 내가 늙은 시스젠더Cisgender 남성이다보니 작품의 가치를 발견하지 못하고 잘못 이해했나 싶었다. 그런데 아무래도 그게 아니었다. 어떤 사람들은 작품의 완성도와 관계없이 무조건적으로 지지해야 한다고, 그래도 괜찮다고 생각하는 모양이었다. 이런 작품은 존재만으로 소중해서 적극적으로 응원해줘야 남성 주인공, 남성/가부장 서사로 점철된 세상을 바로잡을 수 있다고 생각하는 듯했다. 그들에게는 공연이나 드라마/연극/영화를 보는 일도 운동과 연대의 일환이었다. 후기를 남기는 일 또한 마찬가지였다. 이런 태도는 항상 진보정당에 투표하는 나의 모습과 크게 다르지 않아 그 마음을 알 것 같았다.

불평등한 세상을 바로잡기 위한 노력은 중요하다. 여성할당제 같은 소수자 우대 정책은 여전히 필요하다. 하지만 예술작품에 대한 반응이 정치적 입장에 치우쳐 편파적이어도 괜찮을까. 여성과 성소수자처럼 억압당하고 기회를 빼앗긴 사람들의 이야기를 꺼내는 일은 의미 있고 중요하지만, 예술은 정치와 다르다. 예술은 소재나 주제의 가치와 정치적 올바름만으로 완성되지 못한다. 아무리 가치 있는 주제여도 그것만으로는 감동을 줄 수 없다. 작품이 독자에게 가서 살아 움직이려면 예술 언어로 잘 표현해야 한다. 좋은 구조와 좋은 이야기를 찾아내야 한다. 제대로 표현하지 못한 작품은 누구의 마음도 흔들지 못한다.

물론 찬사를 보내는 이들은 "나는 감동받았다"고 주장할지 모른다. 그런데 그 감동이 다른 사람에게까지 전해질 수 있을까. 이미 감동받을 준비가 된 사람, 팬의 마음을 흔드는 정도로는 부족하다. 세상에는 감동받을 각오를 하고 극장에 오는 팬만 살지 않는다. 아직 모르는 사람, 감동받을 준비가 되어 있지 않은 사람의 마음까지 흔들어야 한다. 그들이 보고 싶게 만들어야 하고 그들을 감동시켜야 한다. 그래야 유명해지고 편이 늘어나고 세상이 바뀐다. 세상을 바꾸려면 생각이 다른 사람에게 다가가 말을 걸고 설득해야 한다. 같은 편끼리는 아무리 감동받는다 한들 찻잔 속의 태풍으로 그치기 쉽다.

문제는 예술이 소재와 주제만으로 완성되지 않는다는 사실을 잊어버리고, 지향하는 가치를 담았다는 이유만으로 쉽게 편드는 일부 관객과 평론가들의 태도다. 명심하자. 예술이 자족의 도구나 편 가르기의 수단이 되어서는 곤란하다. 예술은 보고 싶은 이야기를 대리 실현해주는 정치적 올바름의 이상향 피조물이 아니다. 예술은 끝없이 정답 없는 질문을 던지며 밀려오는 해일이어야 한다. 무지와 통념을 뒤흔드는 지진이어야 한다. 비평 또한 소재와 주제, 장르를 면죄부 삼아 찬사를 남발해서는 안 된다. 비평은 언제나 작품이 형식과 내용을 일치시켰는지 확인하는 깐깐한 파수꾼이어야 한다.

정치적 올바름이 실제로 영향력을 만들어내려면 설득력이 필요하다. 급진적인 파괴력을 가지고 있어야 한다. 팬에게 객관적이고 냉정한 태도를 요구하기는 어렵다는 사실을 모르지 않지만, 예술에는 질문이 필요하다. 여성 서사나 퀴어 서사는 정치적으로 올바를 수 있지만, 예술이 정치적 올바름만으로 완성될 수 있을까. 그런 식이면 과거 사회주의 국가에서 만든 작품은 모두 명작이었어야 한다. 그 작품을 본 사람들은 다 감동받고 생각을 바꾸었어야 한다.

자신이 지향하는 가치를 담은 작품을 편들고 싶은 마음을 백번 이해한다 해도, 그것이 팬의 마음이라 해도, 급진적인 파괴력과 설득력이 없는 작품을 냉정하게 평가하지 않으면 허술한 작품이 대세가 되고, 더 나은 작품이 정당한 평가를 받을 기회를 얻지 못하는 결과가 만들어진다. 부족한 작품의 작가는 자신의 작품 어디에 문제가 있는지 영영 모른 채 자만할 가능성이 있다. 이런 분위기에서 솔직하고 도전적인 작품이 나올 수 있을까. 소문을 믿고 갔다가 실망하는 사람만 늘어날 수도 있다.

여성 서사, 퀴어 서사이기 때문에 그 자체로 급진적이라고 평가하면 정치적으로 올바르거나 급진적인 사람이 되고, 래디컬한 비평이 되는 게 아니다. 그건 부족한 작품을 싸고도는 일이다. 비평을 패거리 의식으로 대체하는 일이다. 정치적 올바름을 납작하게 만드는 일이다. 당파성에 대한 착각이다. 진지한 주제의식을 담은 예술을 향한 노력을 우스꽝스럽게 만들어버리는 협잡이다.

비단 여성 서사, 퀴어 서사에 대한 반응만 문제가 아니다. 사회문제를 다룬 영화나 드라마에 대해서는 늘 주례사 비평, 우리 편 지켜주기 비평이 적지 않다. 혹평을 받아야 할 작품인데 관객이나 평론가들 모두 입을 닫아버리거나 호평을 남발하는 경우를 심심찮게 본다. 정의로운 이야기를 하기 때문에, 피해자와 연대해야 하기 때문에, 지배 권력의 탄압을 받고 있기 때문에 냉정하게 말하지 않는 분위기가 분명히 있다. 그러면 안 된다. 그럴수록 더 잘 만들어야 하고, 더 진솔한 의견을 나누어야 한다.

사회적 이슈를 다룬 작품들이 흔히 범하는 클리셰가 있다. 문제를 이상적으로 해결하고 끝내는 방식 말이다. 그런데도 호평을 받는 경우가 여러 번이다. 그건 정치적으로 올바른 것도 아니고, 정의가 승리한 것도 아니다. 환상이다. 물론 그렇게 해서 올바름을 보여줄 필요가 있고, 대리 만족하는 의미도 있다. 하지만 작품 안에서 정의롭게 싸우는 사람이 반드시 승리할 필요는 없다. 결론이 낙관적이어야 한다는 강박, 그래야 정치적으로 올바르다는 압박에서 벗어날 필요가 있다.

무엇보다 예술작품은 얽히고설킨 사람들의 입장과 태도, 현실의 다양한 면모를 충분히 보여주는 게 최우선이어야 한다. 예술은 총체성을 담지해야 하고, 그래야 우리의 고민이 깊어질 수 있다. 현실은 작품처럼 쉽게 바뀌지 않으며 호락호락하지 않다. 호락호락하지 않은 현실을 붙잡고 고민하지 않는 예술이 보여주는 건 환상뿐이다. 좋은 예술작품은 좋은 질문을 던져야 하지만, 질문만 던지고 답하지 않는 방식은 문제다. 모두 게으르고 안일하거나 무책임한 창작이다.

돌이켜보면 민중가요에 대해서도 냉정한 비평이 충분했다고 말하기 어렵다. 고생하고 있기 때문에, 좋은 의미를 담은 노래이기 때문에, 우리 편이기 때문에 박수를 보내거나 입을 닫는 경우가 대부분이었다. 관념어로 도배하거나 천편일률적인 노래를 내놓고 여성혐오적인 메시지를 담아도 '우리 편'이라는 이유로 혹평하거나 비판하지 않으면 그렇게 노래해도 되는 줄 착각하게 된다. 그래도 괜찮은 작품이라고 오해하게 된다. 올바르고 고생하고 있다고 '까방권'을 얻는 게 아니다. 세상 어떤 작품에 대해서든 솔직한 의견을 꺼낼 수 있고 들을 수 있어야 한다.

　싸고도는 편들기가 늘어나고, 냉정한 비평을 조롱하고 비난하는 현실은 이유가 있다. 진영논리와 팬덤이 활개치는 세상 때문이다. 같은 진영끼리는 싸고돌 뿐이고, 팬덤은 환호할 뿐 비판하지 않는다. 요즘엔 평론가들마저 일방적인 호평에 권위를 실어주는 역할을 하는 경우가 적지 않다. 이런 현상은 끼리끼리 모여 담을 쌓는 갈라치기가 늘어가고, 특정 예술작품을 좋아한다는 것으로 정치적 올바름이나 세련됨을 증명하려는 세태와 무관하지 않다. 하지만 듣기 좋은 이야기만 들을 거라면 평론이 무슨 필요가 있을까. 자본주의사회에서 예술이 존재의 가림막이나 장식품이 되는 현상을 피할 수는 없지만, 그런 태도는 결국 예술과 예술가에게 독이 된다. 냉정한 관객, 정직한 평론이 없는 세상에서는 문제적인 작품, 도발적인 작품이 나오지 못한다. 결국 작가와 관객 모두의 손해다. 작가와 평론가와 관객은 이렇게 연결되어 있다.

원하는 글은 아직 쓰지 못했다

부인님이 말씀하셨다. 내 글은 시집 뒤에 붙은 해설 같다고. 내가 쓴 음반 리뷰는 문학과지성사에서 내는 시집 해설처럼 느껴지는 모양이다. 맞다. 나는 그런 평론을 지향한다. 시집 해설은 내 평론의 시원이자 모델이다. 문학소년 시절 시집 해설을 읽으며 평론의 세계를 접했고, 모름지기 평론가라면 텍스트 비평을 해야 하며, 텍스트 비평은 작품의 형식과 내용을 꼼꼼하게 분석하고 평가해야 한다고 확신해버렸다.

하지만 모든 비평가들이 나처럼 생각하진 않는다. 요즘 평론가 중에는 작품을 분석하는 글이 아니라 작품의 주제와 정서에 대해 감성적인 글을 쓰는 이들이 적지 않다. 평론보다 에세이에 가까운 글을 써내는 이들이 전통적인 평론을 쓰는 이들보다 훨씬 많고 더 인기 있는 것처럼 보이기도 한다. 아니, 나처럼 생각할지라도 써내는 글의 스타일은 얼마든지 다를 수 있다. 사람들이 어려운 글을 읽기 싫어하고, 작품을 읽거나 보지 않아도 읽을 수 있는 글을 원하기 때문일까. 작품 안팎의 맥락을 따지는 평론이나 논리적인 글보다 감성적인 글이 훨씬 쉽고 빠르게 와닿기 때문일 수도 있다. 해당 장르에 대한 전공자나 마니아가 아닌 일반 독자는 그 정도면 충분하다고 여길 가능성도 농후하다.

문제는 진지하고 전통적인 평론이 줄어드는 것처럼 보이는 현상만이 아니다. 내가 꼼꼼하고 논리적이며 작품 안팎의 맥락까지 평가하는 전통적 평론을 지향한다면서도 그 역할을 제대로 해내지 못하고는, 감성적인 글을 써내는 이들의 방식을 평론이 아니라고 저평가할 뿐 아니라 문제라고 생각해놓고, 내심 그들의 인기를 부러워한다는 사실이다. 그렇다. 나는 더 유명해지고 싶었다. 더 널리 사랑받고 싶었다. 더 권위 있고 싶었다. 대중음악에 대해 알고 싶어 하는 이들이 나에게 묻고, 나의 리뷰와 칼럼과 책을 읽고, 내 이야기를 들었으면 좋겠다고 생각했다. 강의와 심사 요청이 끊이지 않았으면 좋겠다고 생각했다.

알고 있다. 욕심이다. 무리한 욕심이다. 나는 그만큼 실력 있고 안목 있는 사람이 아니다. 게다가 나의 욕심은 이율배반적이다. 좋아하지 않고 높게 평가하지도 않는 평론가의 인기를 부러워하고 질투하는 태도는 얼마나 모순적인가. 일가를 이룬 이들을 깎아내리면서 그들의 성취를 넘보는 나는 얼마나 제멋대로인가. 솔직히 그렇게 감성적인 글을 써보려고 한 적도 있었다. 아니, 더 솔직히 말하자면 의도하지 않았음에도 애초부터 감성적인 글일 때가 적지 않았다. 하지만 그들만큼의 반향을 일으키지 못했다. 널리 사랑받지 못했다. 뭔가 부족한 거다.

그런데도 퍽이나 다른 글을 쓰는 것처럼 선을 긋곤 했다. 세상 진지한 평론은 자기만 하는 것처럼 사명감에 빠지기도 했다. 잘 쓰지도 못하면서 근거 없는 자신감을 갖기도 했다. 그러다 왜 내 글은 인기가 없을까 싶어 낙담했다. 좌절하고 질투하고 이 궁리 저 궁리 했다. 그래놓곤 아닌 척, 확고한 신념이 있는 양 시치미를 뗐다. 사람들이 진지한 글을 안 좋아한다고 세태를 탓하기도 했다. 별꼴이 반쪽이다.

이런 이야기는 공개적으로 말도 못하고 혼자 끙끙 앓았다. 부인님에게만 투덜거렸다. 내가 이렇게 웃기는 사람이다. 물론 다른 평론가라고 크게 다르지는 않을 거다. 사람은 대체로 모순적이고, 자신이 가지지 못한 것을 부러워한다. 그러면서 자신에 대해서만큼은 그럴 만하다고 사정을 이해하고 관대하게 굴면서, 다른 이들은 왜 그러냐고 비난하고 험담했을 가능성이 높다. 살아갈수록 사람이 얼마나 자기중심적이고, 끼리끼리 싸고도는지 알게 된다. 사람은 대부분 자신에게 다정하고 다른 이들에게 엄격하다.

하지만 내가 원하는 글을 아직 쓰지 못했다는 사실까지 잊으면 안 될 일이다. 사람들이 그런 글을 좋아하는지 안 좋아하는지는 중요하지 않다. 누군가가 사람들이 좋아하는 글을 써서 다른 이들을 행복하게 한다면 그들의 수고에 박수를 보내고, 나는 나대로 내가 꿈꾸는 글을 쓰면 된다. 글로 말하고 보여주면 된다. 그게 내 몫이다. 그것만 잘해도 인생 성공이다.

나는 이렇게 듣는다

날마다 음악을 듣는다. 일어나 '하루를 시작해야겠다' 생각하면 음악부터 튼다. 주로 음반보다 온라인 음악 스트리밍서비스인 애플뮤직과 바이브를 이용해 듣는데, 보관함에는 늘 수천 장의 음반이 쌓여 있다. 아직 듣지 못한 음반이 그렇게 많다.

지금 히트하는 음악, 이름 있는 음악인의 새 음반과 싱글, 다른 평론가가 추천한 음반과 싱글만 듣는 게 아니다. 누군가 추천하거나 이름이 알려지기 시작했는데 내가 모르는 음악인이면 반드시 그동안 발표된 싱글과 음반을 모조리 찾아 들어본다. 국적과 장르를 가리지 않는다. 록, 재즈, 포크를 가장 좋아하고 오래 들어왔다고 그 장르만 듣지는 않는다. 화제가 되거나 인기를 끌고 호평을 받고 있다면 국적이나 장르와 관계없이 무조건 들어보고, 거슬러올라가 전작도 듣는다. 한 번 듣고 끝내지 않는다. 기본적으로 두 번은 듣는다. 그래야 오판할 여지를 줄일 수 있다. 하루에 음반을 10장 이상 듣는데도 리스트가 줄기는커녕 계속 늘어나는 이유다.

음악평론가는 국내외 대중음악의 지형도를 성글게라도 파악하고 있어야 하고, 음악인의 변화를 꿰뚫고 있어야 한다고 믿는다. 사실 날마다 국내에 나오는 신곡이 5000곡쯤 되고 세계적으로는 10만 곡쯤의 새 음악이 나오는 세상에서 모든 음악을 다 듣는 건 불가능하다. 대부분의 대중음악평론가들이 두세 장르에 대해서만 말하는 이유다. 그럼에도 평론가라면 음악계 전반의 주요한 흐름과 두각을 나타내는 음악인은 이해하고 있어야 한다. 마니아는 좋아하는 음악만 들어도 되지만 평론가는 그러면 안 된다.

모든 음악은 연결되어 있고, 음악은 다른 예술과 연결되어 있는 시대다. 만인이 만인과 영향을 주고받는다. 가능한 여러 영역을 아우르려 하고, 그게 어렵다면 최소한 특정 장르의 간판 음악인과 신인 음악인, 비주류 음악인이 어떤 작품을 발표하고 어떤 활동을 하고 있는지만큼은 알고 있으려는 이유다. 그들이 어떤 반응을 얻고 있는지 실시간으로 파악해야 한다. 그래야 흐름을 이해할 수 있고 조망할 수 있으며 예견할 수 있다.

그렇다고는 해도 모든 음악평론가가 같은 방식으로 음악을 듣지는 않을 거다. 나처럼 최대한 다양하게 들으려 하는 평론가가 있는가 하면, 특정 장르만 집중적으로 듣는 경우도 있다. 각자의 관심 분야가 있고, 날마다 쏟아져나오는 신곡이 엄청나게 많기 때문에 선택과 집중을 할 수밖에 없기도 하다. 게

다가 대부분의 음악평론가는 관록 있는 음악마니아이기도 해서 예전에 들었던 음악을 다시 듣곤 한다. 즐거움 때문이다. 좋았던 음악은 여전히 좋기 때문이다. 다시 들으면 또 다른 울림을 주기도 한다. 오래전에 읽은 소설과 영화를 시간이 흐른 뒤 다시 볼 때 깜짝 놀라거나 실망하는 경우와 마찬가지다. 우리의 감각과 판단은 고정되어 있지 않으며 계속 바뀌기 때문에 음악도 들을 때마다 다르게 들린다. 이처럼 변화무쌍한 조우를 위해 옛 음악을 다시 듣는다. 그래서 더 시간이 없기도 하다.

하지만 나는 어지간해서는 예전 음악을 다시 듣지 않는다. 나에게 중요한 건 음악을 듣는 즐거움이 아니다. 좋아하는 음악을 반복해서 들으며 음악을 탐닉하고 행복해지는 일은 내게 그렇게까지 중요하지 않다. 나는 음악평론가의 역할에 충실하기 위해 듣는 편에 가깝다. 나에게는 미친 듯 음악을 듣던 마니아 시절이 없다. 평론가들 중에는 열렬히 음악에 탐닉한 마니아가 많다. 음반을 사 모으며 행복해했던 이들이 수두룩하다. 하지만 내가 탐닉했던 건 음악보다 문학이었다. 나는 시인이 되고 싶었던 작가 지망생이었다. 그러다보니 음반에 대한 욕심이 별로 없다. 음반 사는 일이 가장 행복한 동료 평론가들과 나의 차이다.

나는 음악평론가의 첫 번째 임무는 계속 새로운 음악을 확인하며 현재를 파악하는 일이라고 생각한다. 그 일을 잘하기 위해 목적의식을 가지고 음악을 듣는다. 최대한 다양하게 들으려 하는 이유도 음악 생태계가 스타와 천재, 명곡과 히트곡만으로 이뤄져 있지 않기 때문이다. 어느 분야나 마찬가지겠지만 잘하는 사람과 유명한 사람만 존재하지 않는다. 지금은 형편없지만 죽어라 애쓰는 사람, 그래서 언젠가는 잘하게될 사람, 아무리 애써도 좀처럼 나아지지 않는 사람, 그 이유로 그만둘까 고심하는 사람, 예전에는 잘했지만 지금은 서서히 내리막길을 걷는 사람이 함께 세상을 살아간다. 그들의 노력과 작업 역시 중요하다. 평가하고 선별하는 일을 하고 있다고 항상 나의 기준과 평가를 잣대로 줄 세운 다음 일부만 사랑할 필요는 없다.

현실은 내 기준과 평가보다 넓고 다양하다. 예술은 다양한 장르와 지역, 정체성과 메시지, 표현과 역량의 공존이고 복합이며 충돌이다. 평론가는 그중 알짜만 골라내는 작업을 하는 사람이 아니라 그 복잡한 세계에 최대한 가까이 다가가려는 사람이다. 일부만 보고 전체를 싸잡아 말하지 않으려는 사람이다. 그것이 창작자에 대한 예의이자, 세상을 정확하게 판단할 수 있는 방법이다. 예술가들은 저마다 다른 세계를 보고, 다른 방식으로 표현한다. 직관적으로 발견해낸 표현이든, 수없이 갈고닦은 표현이든, 서툴고 미숙한 표현이든 모두 각자의 최선이고 소중한 발언이다. 평가하기 전에 존중해야 한다. 평가가 존중의 일환이어야 한다.

그리고 많이 들어야 어떤 표현이 개성 있고, 강력하며, 유행하는 방식인지 판단할 수 있다. 음악을 들으면서 좋은 표현, 다른 표현의 기준을 만들고 계속 갱신하지 않으면 정확하게 판단하지 못한다. 날마다 듣고 최대한 많이 들으려 하는 이유이다.

　　그렇다고 의무감으로 꾸역꾸역 듣지는 않는다. 세상에는 좋은 음악이 넘치게 많은 덕분이다. 이제는 음악을 만드는 이들의 역량이 상향평준화되었다. 음악 관련 학원과 대학이 숱하게 존재하는 세상이니 연주를 못하거나 노래를 못하는 음악, 엉망으로 녹음한 음악이 드물다. 괜찮아 보이는 음악을 골라 듣기 때문이긴 하겠지만, 대부분 들을 만한 사운드를 들려준다. 듣다가 고통스러워지는 경우는 거의 없다.

　　들을 수 있는 장르도 다양하다. 다른 나라에 있는 장르는 한국에 다 있다. 음악인은 수도권에만 존재하지 않는다. 부산에도 있고, 대구에도 있다. 광주, 전주, 대전, 춘천에도 음악인이 있다. 지구의 서구에만 있는 것도 아니고 아시아와 아프리카에도 음악이 있다. 그곳에서도 공연을 하고 신곡을 낸다. 음악마니아라면 알 거다. 텔레비전에서는 숨은 음악인 운운하지만 그들 중 아무도 숨지 않았다. 조금 다른 음악을 했을 뿐이고, 자본의 힘을 빌리지 못해 제대로 알리지 못했을 뿐이다. 좋은 음악은 즐비하다. 나의 귀를 빌려줄 시간이 부족할 따름이다.

그러나 엄청나게 특이하고 새로운 음악이 넘치지는 않는다. 어쩌다 벌떡 일어나 듣게 하는 음악이 있지만 그런 일은 한 달에 한 번도 일어나지 않는다. 음악인도 사람이라 특정한 시대의 영향을 받기 마련이고, 요즘처럼 온오프라인 미디어와 플랫폼이 세계를 통합한 상황에서는 금세 서로에게 배운다. 어지간한 음악에는 모두 다른 음악인들의 그림자가 배어 있다. 인간의 상상력이 날마다 새로워지면 좋겠지만 그러기는 불가능한 모양이다. 그래서 더 새로운 음악에 대한 기대를 품고 듣게 된다. 듣기 전에는 알 수 없다.

직업으로 하는 일을 제대로 하고 싶다는 열망, 새로운 음악에 대한 기대와 호기심, 음악을 듣는 순간의 크고 작은 즐거움, 계속 음악을 만드는 이들에 대한 존경심이 계속 듣게 한다. 이 즐거움을 나누고 싶어 일주일에 한 번씩 플레이리스트를 만들고, 한 달에 한 번씩 추천 음반을 정리해 공유한다. 음반을 리뷰하는 이유도 마찬가지다. 듣고 말하고 나누기 위해 듣는다. 소박한 기쁨, 나누면 더 커지는 아름다움. 아무래도 나는 이 일을 퍽 사랑하는 모양이다.

물러날 때를 아는 사람

평론가 생활을 그만해야겠다고 생각할 때가 있다. 일이 안 들어오고 찾는 사람이 없으면 그만둬야 한다고 다짐하는데, 다행히 아직 그 정도는 아니다. 할 일이 있는데 계속해도 될까 자문하는 순간은 감이 떨어지는 것처럼 느껴질 때다. 다른 사람들이 좋다는 음악을 듣는데 왜 좋은지 모르겠으면 위기감을 느낀다. 특히 동료 평론가들이 호평하는데 이해가 안 되면 난감해진다. 그럴 땐 '뭐가 좋다는 거지' 하면서 계속 들어본다. 이유를 알아차리면 다행이지만, 아무리 들어도 모르겠으면 답답하다. 다른 사람은 아는 걸 나는 왜 모를까.

　　이 경우 내 감각과 판단대로 평가하긴 하는데, 내심 내가 들을 줄 몰라서 벌어진 일은 아닌지 위축된다. 다른 평론가들은 알아챈 음악의 매력과 성취를 나만 알아차리지 못하고 있으니 말이다. 그냥 취향이 다른 거 아니냐고? 아니, 나는 취향이라는 가치를 전혀 신뢰하지 않는다. 좋은 음악은 항상 취향쯤은 가볍게 뛰어넘는다. 취향을 앞세우는 사람은 마니아는 될 수 있어도 평론가 자격은 없다. 평론가라면 당연히 좋은 음악을 알아차릴 수 있어야 한다. 그것이 평론가의 필수 요건이다. 좋은 음악을 알아차리지 못하면 평론가로서는 무능하다고밖에 생각할 수 없다. 그러니 가끔 왜 좋은지 도무지 모르겠을 땐 이렇게 무디고 무지해서 평론가로 살아가도 되나 싶어 불안하고 부끄럽고 초조해진다.

사실 힙합, 알앤비, 일렉트로닉 장르 음악을 들을 때 종종 나의 부족함을 느끼곤 한다. 록과 포크를 주로 들으며 성장한 '록저씨'이기 때문일까. 그럴 리 없다. 나는 한국에 힙합이 처음 들어오고 자리잡은 1990년대에 20대를 보낸 엑스세대다. 힙합이 낯설어 거부감을 느낄 세대는 아니라는 얘기다. 알앤비나 일렉트로닉 역시 마찬가지다. 현재 한국의 대중음악은 1990년대의 음악과 가까운 편이다. 1990년대에 시작한 케이팝 제작사들과 프로듀서들이 여전히 활동하고 있다. 1990년대에 청소년이었거나 청년이었던 이들은 자신이 엑스세대라서 계속 젊은 감각을 유지한다고 믿는 경향이 있다. 실제로 그들은 패션이나 라이프스타일이 다른 세대에 비해 훨씬 트렌디하고 개방적이다.

그런데도 최근 한국대중음악상에서 힙합이나 일렉트로닉 부문의 상을 받은 곡들 중에 나를 흔들지 않는 곡이 종종 생겼다. 특히 2022년 폭발적인 인기를 끈 뉴진스의 〈Hype Boy〉가 문제였다. 뉴진스가 엄청나게 인기를 끌고, 다들 좋다는데,

아무리 들어도 나는 이 노래가 왜 좋은지 좀처럼 공감하질 못했다. 그때 생각했다. 이건 내 감각과 판단의 문제라고, 내가 현재의 감각을 따라가거나 수용하지 못하는 거라고, 40대 후반에 접어든 내가 본격적으로 낡고 뒤처지기 시작한 거라고, 건널목 신호등의 노란불처럼 위험신호가 온 거라고.

그래서인지 어떤 일은 나에게 좀처럼 들어오지 않는다. 예를 들면 젊은 음악인을 소개하거나 그들의 라이너노트를 쓰는 일이다. 내 생각에는 나도 할 수 있을 것 같은데, 그런 일들은 다른 이들에게 간다. 인정하는 수밖에 없다. 나를 고인 물이라고 여기거나, 나에 대해 오해하거나, 내가 쓰는 글 스타일을 선호하지 않을 수 있고, 내가 내놓은 결과물에 만족하지 못해서일 수도 있다.

아직은 나를 찾는 또 다른 이들이 있어서 현업 평론가로 살아가지만, 이런 일이 자꾸 생기고 나의 판단이 무뎌지고 칼날이 녹슬었다고 생각되면 묵묵히 자리를 털고 일어날 일이다. 실제로 세간의 평가가 그렇다면 나는 이 일을 하고 싶어도 더 할 수 없다. 음악을 다양하게 듣고 책을 읽고 이것저것 보러 다니는 이유는 자의로든 타의로든 중단하는 순간을 최대한 늦추고 싶어서다.

노력만으로 되는 일은 아니겠지만 할 수 있는 데까지는 해보고 싶다. 최고가 되지는 못하더라도 바닥은 치지 않는 사람이면 좋겠다. 홈런을 치지는 못해도 병살타는 치지 않는 평론가여야 한다고 마음을 졸인다. 그렇지만 계속 삼진을 당하면 깨끗이 방망이를 내려놓고 그라운드를 떠나는 선수가 되자고 스스로에게 약속한다. 떠나는 뒷모습은 누구에게도 보여주고 싶지 않다. 셔터를 내려야 할 때 징징대는 사람, 뒷방에 모여 앉아 잔소리하는 고인물은 절대 되고 싶지 않다. 떠날 때는 떠나고, 잊힐 때는 잊혀야 한다. 욕심부리면 추해질 뿐이다.

2부

들으면서
생활하기

음악, 예술에
관하여

오래 살고 싶은 이유

오래 살아야 한다. 최소한 30년은 더 살아야 한다. 돈을 많이 벌기 위해서가 아니다. 화성 여행을 하고 싶기 때문도 아니다. 온라인서점 알라딘 개인 보관함에 담아둔 책이 3901권이나 있기 때문이다. 언젠가는 읽어야겠다고 욕심낸 책이 이렇게나 많다. 여기저기서 추천하는 책들을 계속 담아두다보니 어느새 3900권이 넘어버렸다.

책을 안 읽는 게 아니다. 매년 담아둔 책들 중 일부를 사고 도서관에서 빌려 읽으며 삭제해도 숫자가 줄어들지 않는다. 그만큼 새로운 책들이 쌓인다. 연말이면 여기저기서 뽑은 올해의 책이 더해지고, 신뢰하는 이들의 새 책이 꾸준히 숫자를 늘린다. 그러다보니 독서는 시시포스가 영원히 바윗돌을 밀어 올리는 숙명이나 마찬가지다. 한 권을 읽고 나면 즉시 다른 책이 기다린다. 수천 권의 책이 얼른 읽어달라고 말간 눈으로 나를 쳐다본다. 그 애처로운 눈을 피할 재주가 없다.

책만 그럴까. 왓챠피디아에 보고 싶다고 저장해둔 영화는

3556편, 드라마는 598편이다. 책처럼 계속 봐도 계속 쌓인다. 해마다 영화를 100편 이상 보지만 그만큼 리스트가 늘어난다. 〈쇼아〉, 〈동년왕사〉, 〈나의 계곡은 푸르렀다〉 같은 영화를 언제쯤 볼 수 있을까. 드라마 〈왕좌의 게임〉이나 〈브레이킹 배드〉 시리즈를 끝낼 수는 있을까.

대중음악의견가에게 무슨 책과 영화/드라마 리스트가 그리 많냐고 묻지 마시라. 애플뮤직에 쌓인 미청취 음반은 아예 세지 못할 지경이다. 나는 심심할 겨를이 없다. 틈이 생기면 책을 읽거나 영화를 보고 음악을 들어야 하는데 심심할 새가 있겠나. 요즘에는 일주일에 두세 번 연극까지 챙겨본다. 유튜브나 페이스북과 인스타그램 릴스에 눈 돌릴 여유가 없는 게 당연하다. 이따금 릴스에 홀려 시간을 보내고 나면 '어휴, 이럴 시간에 쌓아둔 드라마나 한 편 볼걸' 싶은 후회가 막심하다. 할 일이 없다는 사람, 심심하다는 사람을 이해하지 못하는 이유다. 이렇게 볼 게 많고 읽을 게 많고 들을 게 많은데 어떻게 심심할 수 있는지 당최 모르겠다.

그래서 게임은 안 한다. 게임이나 유튜브, 스포츠 관람은 아예 관심이 없다. 그만의 재미가 분명 있겠지만, 내게는 시간 낭비일 뿐이다. 그럴 시간이 있다면 음악을 듣고 영화를 보고 책을 읽을 거다. 내가 남는 시간을 쓰는 순위는 책과 음악이 최우선이고, 그다음이 소셜미디어와 연극과 영화이며, 맨 뒤에 드라마가 있다. 물론 부인님과 보내는 시간은 어떤 항목보다

위에 있다.

나는 하루가 48시간이었으면 좋겠다. 여기저기 쌓아둔 작품들을 죄다 해치우고 싶기 때문이다. 나는 평생 방에 갇혀 읽고 보고 듣기만 하라고 해도 얼마든지 할 수 있다. 만약 그렇게 살 수 있다면 얼마나 행복할까 싶다. 몰랐거나 이름만 들었던 책과 영화를 하루 종일 마주하면서 다른 예술가들이 세상과 인간을 어떻게 기록하고 해석했는지 살펴보며 배울 것이다. 예전에는 알지 못했던 앵글과 사운드와 언어를 보고 들으며 이렇게 쓰고 이렇게도 표현할 수 있구나, 하고 깨달을 것이다. 알고 있는 방식, 들어왔던 이야기가 전부가 아님을 크고 작은 충격과 감동으로 만끽할 것이다.

지금껏 책을 읽고 음악을 듣고 영화/드라마를 보는 동안 고정관념은 번번이 무너졌다. 찾아서 읽고 보고 듣기 전에는 그렇게 쓰는 사람이 있는 줄 몰랐다. 그렇게 말하는 방식이 가능한지 알지 못했다. 코맥 매카시처럼 비감하게 쓰는 작가가 존재하고, 미셸 우엘벡처럼 비아냥거릴 수 있을 거라고 상상하지 못했다. 〈지구를 지켜라〉만큼 발칙한 이야기를 만들어낼 수 있다고 예측하지 못했을 뿐 아니라, 〈복수는 나의 것〉의 비정함이나 〈비정성시〉의 먹먹한 슬픔을 감히 기대하지 않았다.

얼마나 많은 작품들이 나를 후려쳤던가. 걸작들은 뺨을 갈기고 업어치기로 내동댕이쳤다. 소매치기처럼 영혼의 호주머니를 탈탈 털어가고, 급성 감염병처럼 혼미하게 했다. 읽다보니 낯선 곳에 와 있는 경험은 셀 수 없을 정도다. 그때마다 어리둥절해진 정신을 추스르고, 대체 무슨 일이 일어난 건지 뒤늦게 경위를 파악하려 애쓴 일이 숱하게 많다. 그때 겨우 나의 세계가 넓어졌다. 그 경험이 나의 즐거움이 되었다. 그 즐거움에 사로잡혀 읽고 보고 듣는다. 현실에 실재하지 않지만 존재하지 않는 것도 아닌 세계, 예술 언어로 세운 세계에 생포당하며 예술의 힘을 확신하게 되었다. 예술이 얼마나 강력하고 아름답고 오래가는지 인정하게 되었다.

그러다 내가 되지 않았을까. 무엇을 좋아하고 어떤 세계에 반응하는지 알게 되지 않았을까. 관심과 취향을 파악하게 되고, 언제 울고 언제 정신을 놓고 날뛰는지 가늠할 수 있게 되었다. 책과 음악과 영화를 통해 욕망과 상처를 들여다보게 되었다. 외면했던 자신을 마주하게 되고, 다른 이들에게 조금이나마 친절해져야 한다고 다짐하게 되었다.

내가 죽은 뒤에도 걸작들이 이어질 거라 생각하면, 그 작품들은 영영 만나지 못할 거라 생각하면 눈물이 쏟아질 만큼 서운하다. 내 영혼은 영원히 서점과 음반가게와 극장 주변을 서성거리고 있을 것이다. 남은 이들의 환호와 갈채가 쏟아질 때 어디에선가 함께 웃고 있을 것이다. 다시 태어난다면 오직 읽고 듣고 보기 위해서다.

음악을 진실하게 하는 시간

노래가 세상을 바꾼다고들 하지만, 노래가 있는 순간이 항상 빛나지는 않는다. 좋은 노래, 간절한 노래가 울려퍼져도 사람들은 눈길 한번 안 주고 스쳐가기도 한다. 40년 동안 한자리를 지키며 을지로 노가리골목의 역사를 만들어온 가게가 건물주의 압박으로 영업을 중단하는 일이 벌어졌다. 그 후 뜻있는 단체와 시민들이 5년간 함께 싸우던 상황이었다. 이제는 다시 돌아온, 을지로의 오래된 맥줏집을 지키려는 이들이 저녁 문화제를 열고 있을 때였다. 문화제를 하면 반드시 누군가 노래로 연대하는데, 이날은 포크 싱어송라이터 민수홍이 노래했다.

아직 데뷔 음반조차 없는 비주류 인디 음악인의 노래라서였을까.[+] 을지로 노가리 골목을 지나는 이들 중에 민수홍의 노래를 듣고 발걸음을 멈추는 이는 아무도 없었다. 모두들 잠시 눈길을 던지곤 총총히 걸음을 재촉했다.

[+] 민수홍은 그 후 2023년 8월 4일 첫 정규 음반 《사소함》을 발표했다.

때는 바야흐로 겨울. 추웠다. 그날은 유독 문화제에 모인 사람도 적었다. 김두수가 생각나게 하는 노래는 깊고 아득했지만, 함께 듣는 이들이 적어 속상하고 미안할 지경이었다. 음악인은 더 많은 이들을 불러 모으거나 문제를 알리는 데 도움이 되면 좋겠다는 마음으로 출연료도 받지 못하는 현장에 달려왔을 텐데, 손가락도 펴기 어려운 추위 속에서 기타 치며 노래하는 음악인도 고생이고, 이곳을 지키려는 이들도 고생이라는 생각이 스쳐갔다.

불쑥 노래가 세상을 바꾼다는 이들을 데려와 이 현장을 보여주고 싶다는 생각이 들었다. 그런 이야기를 하는 이들 중에 이런 싸움, 그러니까 역사를 바로 세우는 투쟁이나 대통령을 끌어내리는 투쟁 아닌 현장에 관심을 가지는 이들이 얼마나 적은지 알기 때문이었다. 자신들이 젊은 날 참여했던 투쟁이 투쟁의 전부인 줄 아는 이들은 그 시절의 몇몇 노래만 싸운 줄 안다. 지금도 어딘가에서 한 줌밖에 안 되는 이들이 싸움을 이어가고 있으며, 그 곁에는 항상 노래하는 이들이 있다는 사실을 모른다. 그러면서 "요즘 노래가 노래냐"고 폄하하는 이들을 너무 많이 보았다.

오래 이어진 싸움에 잠시 함께한 내가 이런 생각이 들었을 정도이니, 줄기차게 현장을 지킨 이들은 오죽했을까. 무력함을 느끼고 외롭고 쓸쓸하고 서럽고 원망스러운 날이 얼마나 많았을까. 그 순간마다 노래는 어떤 역할을 했을까. 함께 노래를 부르거나, 누군가가 부르는 노래를 들을 때 결의를 다지고 외로움은 걷어냈을까. 연대하러 온 음악인은 뿌듯해지고 현장에는 온기가 감돌았을까.

그랬으면 좋았겠지만 세상에 바람대로 이루어지는 일은 드물다. 열렬한 호응과 속 시원한 승리는 영화나 드라마에서만 가능한 환상일 때가 많다. 실제로는 버티기 위해, 무너지지 않기 위해 애써야 하는 날들이 부지기수다. 연대하러 온 음악인의 노래 또한 수없이 허공을 떠돌다 하늬바람에 쓸려갔을지 모른다. 좀처럼 끝나지 않고 자꾸 길어지는 싸움의 현장에서 두려움을 견디며 버티다가 마음을 다치고 지쳐서 뒤로 물러선 이들은 생각보다 많다.

어떤 유명인은 이런 현장에 한 번도 와보지 않고, 소셜미디어에 몇 자 쓰는 것만으로도 대단히 비판적이고 지적이며 사려 깊은 사람처럼 이름을 날리는데, 누군가는 이 고생을 하고 있음에도 전혀 알아주지 않는 모습을 지켜보려니 답답하고 서글펐다. 하지만 이 또한 노래의 역할이었다. 싸우는 이들 곁에 묵묵히 있어주는 일. 그렇게 함께 기대고 견디는 일 역시 노래의 숙명이었다. 누군가의 눈물이 되고 한숨이 되는 일. 누구도 혼자 울게 내버려두지 않는다는 걸 보여주는 일. 싸움을 승리로 이끌지 못하더라도 투쟁을 외치지 않는 노래일망정 기꺼이 찾아와 불러주는 누군가가 있다는 걸 알려주는 일. 그것이 세상을 바꾸는 일보다 소중한 게 아닐까 싶었다.

그렇다. 노래는 광장과 공연장에만 깃들지 않는다. 변방으로 내몰린 사람들 곁을 지나치지 못하고 주저앉는 노래, 묵묵히 버티다 외면당하고 사라지고 녹아버리기도 하는 노래 없이 음악은 절대 진실해지지 못한다. 나는 그 추운 밤, 아직 노래에 기댈 수 있게 해주는 시간을 목격한 게 아니었을까. 가난하고 힘없는 이들 곁에서 눈물처럼 짭짤해지는 노래. 눈송이처럼 내려 슬픔을 덮으며 소명을 다하는 노래.

모르는 삶을 향하는 노래

노래는 어떠해야 한다는 식으로 이야기하는 것을 별로 좋아하지 않는다. 사실 나도 그렇게 말하는 어법에 길들여지며 성장했고, 그런 식의 담론을 옹호하는 데 일조했지만, 이제는 그런 이야기 방식을 싫어하는 사람이 많아졌기 때문이다. 확실히 요즘에는 각자 자신의 믿음대로 살아갈 뿐, 이래야 한다거나 저래야 한다는 식으로 말하면 들으려 하지 않는 사람들이 많아졌다. 그들은 그건 네 생각일 뿐이라고, 내 취향은 다르다고 생각한다. 서로의 생각이 다르더라도 어떻게 만날 수 있는지 방법을 찾아보거나 서로에게 배울 수 있는 것이 무엇인지 긍정적으로 헤아려보려 하지 않는다. 그저 생각이 비슷한 이들끼리 모여 서로 좋아요를 눌러주며 살아가는 모습을 너무 많이 본다. 생각이 다른 이들을 조롱하고 멸시하면서, 그 놀이를 통해 일체감을 확인하는 재미로 살아가는 것처럼 보일 정도다. 이런 세상에서는 노래 역시 각자 즐기고 좋아하면 그뿐이다. 내가 들어서 좋으면 되는 것이고, 나에게 맞지 않는 노래는 안 들으면 된다고, 노래를 만들거나 듣는 이에게 어떤 역할이나 의무가 있다고 생각하지 않는 경향이 뚜렷하다.

　다행히 성차별적이거나 폭력적인 노랫말에 대해서는 더 민감하게 받아들이게 되었다. 하지만 노래가 살펴야 할 것, 노래가 살피면 좋을 것은 그것만이 아니다. 우리의 삶은 겹치기도 하지만 갈라질 때도 많다. 모두에게는 제각각 다른 삶이 있고, 우리는 다들 자신의 삶에 더 많은 카메라를 비추기 바란다. 우리는 때로 자신의 삶이 가장 힘겹다고 생각하고, 자신과 비슷한 삶에 가장 공감한다. 그때 노래가 그 현장을 증언하거나 재현하면 좋겠지만, 그래서 다른 사람들이 내 삶에 더 많이 공감해주면 좋고, 노래를 통해 우리가 살아보지 못하고 만나보지 못했던 삶을 이해하게 된다면 의미 있는 일이겠지만, 한정된 삶을 작품으로 드러내는 일은 쉬운 일이 아니다. 자신의 정체성과 다른 삶을 조우하는 일도 쉬운 일이 아니다. 언론과 온라인 소셜미디어를 통해 수없이 많은 정보를 쉽게 만날 수 있는 세상이라 해도, 우리의 세계는 확장되기보다 반복되는 경우가 더 많다.

　그래서 만나지 못했던 세계로 나아간 음악, 다른 삶에 귀 기울인 음악은 특별하다. 수년간 일본군 종군 위안부들의 목소리에 귀 기울여 음반을 만들었던 음악인들의 '이야기해주세요' 시리즈 음반이 소중한 이유는 결과물로 내놓은 음악이 아름답기 때문만은 아니다. 위안부 문제라는 식민과 여성폭력의 문제를 짚고 있기 때문도 아니다. 살지 못하고 만나지 못했던 삶을 향해 고개를 돌리고, 이야기를 듣고, 그들의 삶을 노래하거나 그들의 삶이 자신에게 던진 파장을 노래함으로써 노래를 통해 타자를 이해하려 했기 때문이다. 그들의 삶이 위대하다거나 엄청나다고 칭송하는 대신 고단한 삶을 존중하면서 자신에게 밀려온 울림을 솔직하게 기록했기 때문이다. 우리는 다른 존재를 만나게 해주는 무언가를 마주할 때 비로소 대화할 수 있고 성찰할 수 있다. 서로의 삶이 어떻게 다르고, 자신이 무엇을 알지 못했으며, 왜 알지 못했는지 살펴볼 수 있다. 그때 비로소 앎과 배움이 시작된다.

예술가가 알고 있는 이야기를 표현하는 방식만으로는 부족하다. 세상에는 이미 남성, 백인, 권력자의 이야기가 넘친다. 예술은 모르는 삶을 향해 나아가야 한다. 존재하지만 드러나지 않는 삶을 찾아내야 한다. 물론 모르는 삶, 그래서 쉽게 말할 수 없는 삶을 말하는 일은 어렵고 부담스럽다. 하지만 누군가는 그 역할을 해야 한다. 억지로 할 수 있는 일은 아닐 것이다. 자신이 좋아하고 즐기는 일이어야 할 것이다. 그렇지만 모든 일이 즐거워야 한다는 당위는 쾌락에 대한 과잉이고, 예술가의 목표가 되어서도 곤란하다. 필요하기 때문에, 의미 있기 때문에, 소중하기 때문에 해야 할 일도 있다. 예술가는 존재에 대한 연민과 박애와 연대를 품고 살아가는 사람이어야 한다.

싱어송라이터 김동산이 2018년에 내놓은 음반 《서울·

수원 이야기》가 여전히 소중한 이유다. '출장 작곡가'를 자처하는 그는 《젠트리피케이션》 컴필레이션 음반과 《새 민중음악 선곡집 Vol.2-연대의 노래》 컴필레이션 음반에 이어 내놓은 자신의 정규 음반에서 다른 이들을 만났다. 삶의 터전에서 쫓겨났지만 목소리를 얻지 못한 사람들, 그래서 지워지고 사라지는 사람들의 이야기를 들었다. 김동산은 자신의 목소리로 그 이야기를 해석하는 대신 그들의 이야기로 자신의 노래를 채웠다. 찾아가고 만나고 듣고 기록하면서 노래를 함께 만들었고, 함께 노래의 주인공이 되었다. 그들 앞에서 노래를 들려주었다. 〈수원 지동 29길〉의 주인공 할머니 앞에서 노래하는 뮤직비디오는 가슴 먹먹하다. 과거 정태춘이 했던 일이고, 노래모임 새벽의 멤버들이 했던 일이다. 수많은 노동가요 창작자들이 했던 일이다.

지금은 아무도 그런 일을 하지 않는다고 생각할지 모르지만 지금도 누군가 어디선가 그 일을 하고 있다. 김동산 덕분에 지금 힘겨운 사람들 중에서 일부의 삶이라도 노래가 될 수 있었다. 오늘의 노래가 놓친 빈틈이 가까스로 메워졌다. 다른 음악인들이 하지 않은 일을 대신했다 해도 좋고, 역할을 나눠 맡았다 해도 좋을 일이다. 김민기를 존경한다는 이들조차 별 관심을 두지 않는 작업이다. 있는지도 모르는 노래들이다.

만약 노래가 사람 사는 세상을 지킨다면, 특정 정치인을 옹호하는 집회장에서 들려오는 그 옛날의 민중가요가 아니라

이런 노래일 것이다. 노량진 수산시장에서 쫓겨난 상인들과 차별금지법을 만들자는 농성장에도 노래가 있다. 노동자로, 성소수자로, 여성으로 살아가는 삶을 노래하는 이들이 있다. 하지만 아직 세상의 노래에는 없는 목소리, 없는 존재가 더 많다. 그들의 노래를 듣고 싶다. 그들을 노래하는 목소리를 듣고 싶다. 노래를 통해 더 많은 삶을 만나고 싶다.

지금 예술은 어디에 있을까

지금 예술은 어디에서 무엇을 하고 있을까. 예술은 지구에서, 우리 사회에서, 특정 집단이나 한 사람에게 어떤 역할을 하고 있을까. 이런 생각에 자주 빠져들곤 한다. 특히 소셜미디어에 특정 드라마와 영화 이야기가 이어지거나, 다들 어떤 노래에 빠져들었다고 고백하는 모습을 볼 때면 트렌드를 확인할 뿐 아니라 예술이 참 가까이 존재한다는 사실을 새삼 인정하게 된다.

　그때마다 왜 사람들이 그 작품을 좋아할까 생각해보는 것은 평론가의 오랜 습성일까. 이유는 제각각 다를 것이다. 감독과 배우, 음악인을 좋아해서일 수도 있고, 그 작품이 재미있어서일 가능성도 있다. 새로워 보이기 때문에 열광하는 경우도 많다. 내 소셜미디어 타임라인에서는 철학과 정치적 입장 때문에 특정 작품을 좋아하거나 배척하는 경우가 흔하다.

　이 같은 반응을 살펴보면 지금 예술이 어떤 역할을 하고 있는지 어렴풋하게나마 짐작할 수 있다. 예술은 누군가에게는 일상의 오락이고, 누군가에게는 신념의 확인이며, 누군가에게는 상상력의 확장이다. 예술은 사람들의 취향과 지향에 따라 다른 역할을 하는데, 똑같은 사람에게도 매 순간 다른 활약을 한다. 욕구와 필요에 따라 예술의 다른 기능을 선택하기 때문이다. 아침 운동을 할 때는 케이팝을 듣고, 출근할 때는 OTT 드라마를 선택하지만, 주말에는 화제의 전시회에 찾아가는 식이다. 인스타그램이나 틱톡에 읽고 있는 책 사진과 보고 온 공연 영상을 올리는 이유도 욕구와 필요에 따른 행동이기는 마찬가지다.

우리는 수많은 예술작품을 손쉽게 접할 수 있는 시대를 살아간다. 스마트폰 하나만 있으면 어지간한 예술작품을 즉시 만날 수 있다. 예술을 접하기 쉬워졌고, 쌓여 있는 작품의 양도 어마어마하다. 책뿐만 아니라 영화, 드라마, 음악, 웹툰, 연극이 쏟아져 좋아하는 작가의 작품조차 다 챙겨보기 어려울 정도다. 예술의 경쟁자는 더 늘었다. 현재의 예술은 유튜브·소셜미디어와 경쟁해야 한다. 온라인게임에 쏟을 시간을 빼앗아야 한다. 그 과정에서 예술은 예술만의 오라Aura를 잃은 지 오래다. 발터 벤야민의 이야기를 되풀이하려는 게 아니다. 이제 예술작품은 특유의 숭고함과 독자성과 신비로움을 잃고 수많은 콘텐츠 가운데 하나가 되었다.

여전히 예술을 체험하는 일은 신기하고 특별한 경험이긴 하지만, 다른 경험보다 고귀하고 의미 있다고 여기는 분위기는 많이 사라졌다. 사람들은 지금도 콘서트를 찾고, 연극 극장을 채우며, 미술관에 줄을 서지만, 그렇게 수고스러운 과정을 거치는 대신 스마트폰을 쥐고 페이스북과 인스타그램, 틱톡 같은 플랫폼에 올라오는 숏폼 콘텐츠를 보는 데 시간을 쏟는 이들도 많다. 바쁘고 지친 상황, 봐야 할 게 너무 많은 세상에서는 이쪽이 더 간편하고 빠르다.

실제로 나 또한 하루를 바쁘게 보내고 나면 아무것도 하고 싶지 않다. 그때는 그저 누워서 손가락만 밀어올리면서 숏폼에 빠져들기 일쑤다. 그렇게 1~2시간을 탕진하고 나면 대체 뭘 했나 싶은 생각이 들기 마련이다. 이럴 거면 쌓아둔 미드나 한 편 볼 걸 그랬다 싶은 후회가 엄습하지만, 너무 바쁘고 지쳤을 땐 몸에 좋은 음식보다 자극적인 디저트가 당기는 것처럼 2시간짜리 드라마를 10분으로 요약해주는 영상에 더 손이 가기 마련이다. 요즘 OTT서비스의 드라마들이 폭력과 감정 과잉으로 범벅이 되고, 사람들의 집중력이 갈수록 떨어지는 이유도 여기에 있다.

이런 현실에서는 예술을 '콘텐츠'라고 부르는 일이 전혀 어색하지 않다. 인터넷이 등장하고, 수많은 양식의 이야기를 온라인 플랫폼에서 손쉽게 접할 수 있게 되면서 어지간한 예술과 이야기 양식은 모조리 콘텐츠로 통합되었다. 물론 예술은 인간의 가장 고차원적이고 고상한 형이상학 활동이라고 여기는 분위기가 완전히 소멸하지는 않았다. 예술가라고 하면 특별하게 대하기도 한다.

하지만 세상도 예술가가 가난하고 힘든 직업이라는 걸 안다. 가난과 병으로 고통받는 예술가의 사회적 안전망에 대한 논의가 꾸준히 이어지는 추세다. 물론 유명 예술가가 되어 호화롭게 살아가는 이들에 대한 선망 역시 공존한다. 예술은 흙수저 계급이 그나마 노릴 수 있는 계급 상승의 동아줄이 되어 버렸다는 사실을 부정하지 못한다. 이런 세상에서는 예술가라고 해서 반드시 자유롭고 비판적인 태도를 취하지 않는다. 문화산업의 일원이 된 예술가들은 자유로워 보이는 오라를 발산하지만, 철저한 훈련과 기획을 바탕으로 한 그 모습은 연출된 포즈에 가깝다. 인기를 위해서는 하루 종일 꾸미거나, 무언가 포기해야 할 게 많다. 유명해지지 못하는 개성과 자유로움과 비판 정신은 아무도 인정하지 않는다.

그러다보니 이제 예술은 취향에 따라 골라 구입하고 장착하는 상품과 별로 다르지 않아 보인다. 필요한 순간마다 다른 이미지를 만들기 위해 착장하려고 구입하는 상품 말이다. 현대인은 자신의 지적인 면모를 부각하기 위해, 위로받기 위해, 재미를 얻기 위해 다양하게 전시된 예술 가운데 순간의 필요에 최적화된 예술작품을 활용하며 살아간다. 트렌디한 예술을 발 빠르게 소비하는 멋진 모습을 소셜미디어에 전시하는 일도 예술을 체험하는 중요한 이유다.

어떤 삶도 세상의 흐름에서 자유로울 수 없다. 예술 또한 마찬가지다. 이런 세상에서는 예술가들 또한 자신을 적극적으로 알려야 한다. 얼마나 스타일리시한 라이프스타일의 주인공인지 날마다 소셜미디어에 과시해야 한다. 얼마나 고심하면서 작품을 만드는지, 자신의 작품이 얼마나 남다른 체험의 경험을 제공하는지 홍보해야 한다. 다른 콘텐츠 대신 자신의 작품을 만나는 데 시간과 돈을 써달라고 유혹해야 한다. 이제 예술가는 자신의 콘텐츠를 직접 기획하고 만들고 알려야 하는 자영업자나 마찬가지다.

작품만 내세워서는 성공하지 못한다. 외모, 유머 감각, 라이프스타일, 인맥을 비롯한 거의 모든 것을 콘텐츠로 만들어내놓으면서 상품 가치를 높여야 한다. 자신의 기쁨과 슬픔, 진심과 거짓까지 '대중분들'에게 친절하게 공개해야 한다. 누가시키지 않아도 하루 24시간, 1년 365일 계속 자기계발하고 자율홍보해야 한다. 그렇게 해도 전업 예술가로 살아가는 일은하늘에서 별 따기보다 어렵다.

맞다. 예술의 어려움은 예술가도 먹고살아야 한다는 사실에서 온다. 팔리지 않는 예술, 사람들이 찾지 않는 예술을 하면서 살아가기는 불가능하다. 계속 예술가로 살아가려면 번듯한 직업이 따로 있거나, 물려받은 재산이 있거나, 인기 있는 예술가가 되어야 한다. 어느 쪽도 쉬운 일이 아니다. 게다가 지금한국에는 예술가가 숱하게 많다. 예술가가 되려는 사람도 넘쳐난다. 하지만 창작으로 생계를 유지하는 사람은 극소수다.

당연히 예술 생태계 역시 경쟁의 연속이다. 지원사업을 따내기 위해 경쟁하고, 인기를 얻기 위해 경쟁한다. 오래전부터 활동해온 예술가와 경쟁하고, 새롭게 등장하는 예술가와 경쟁한다. 앞으로는 AI와 경쟁해야 할지 모른다.

그러다보니 창작은 작가의 자유로운 영감과 충동대로 표현하는 일이라기보다는 어떤 메시지를 어떤 식으로 표현해야 인기를 얻을 수 있는지 치밀하게 기획해서 내놓는 공동 창작물로 바뀐 지 오래다. 대규모 자본을 투자하는 예술일수록 예술가보다 기획자의 역할이 크다. 영화, 드라마, 케이팝이 대표적이다. 한국의 드라마/영화, 대중음악은 한국 시장에서만 통하는 내수 상품이 아니라 세계 시장에서 각광을 받는 수출 상품이 되었고, 다양한 파생 상품을 만들어내는 IPIntellectual Property사업(지적재산권 사업)으로 변모했다.

이런 세상에서 예술이 감당해야 할 역할에 대해 말하기는 더 어려워졌다. 진지하고 가치 있는 작품을 만든다고 세상이 알아주는 게 아니기 때문이다. 사람들은 강제철거 현장에 연대하는 예술가의 작품보다 시위 현장에 한 번도 안 갔지만 유명한 예술가의 짧은 트윗에 더 열광한다. 옳고 그름보다 누구 편인지를 더 따지고, 새롭거나 근본적인 문제 제기보다 익숙한 어법에 더 환호하는 세상, 유명인의 한마디가 혼신을 다한 예술가의 작품보다 화제가 되는 세상에서 예술가는 자주 맥 빠지고 길을 잃기 십상이다.

새롭고 의미 있는 작품에 반응을 보이는 이들이 없는 것은 아니어도, 대중의 반응은 늘 유행을 탄다. 더 중요하고 더 가치 있을 수 있는 질문과 발언이 순식간에 취향이라는 방패에 가로막히는 세상에서 예술가는 쉽게 낙담하거나 영합하기 마련이다. 예술에 인간을 탐구하는 인간학이며 세계의 불행을 증언하는 고발자라는 가치를 부여하면서도, 정작 그 가치에 충실한 작품에 주목하고 열광하는 사람이 다수인 적은 드물었다. 언제나 사람들은 쉽고 재미있는 작품을 더 좋아하는데, 요즘에는 자신이 좋아하는 경향에만 관심을 보이는 모습을 부끄러워하지 않는다. 취향이라는 방패가 한정되고 편협한 관심을 철저히 방어해준다.

작은 이야기, 일상을 다룬 예술, 위로를 전하는 작품이어야 반응을 보이는 분위기 아닌가. 가장 개인적인 것이 가장 정치적이라고들 말하지만, 익숙한 개인의 세계에 안주하는 작품이 얼마나 불온할 수 있을까. 다들 위로받고 싶어 하면 타인을 위로하는 사람은 누가 위로해줄까. 예술의 가장 위대한 덕목은 위로인 것일까.

한 사람의 다면적이고 모순적인 정체성을 직시하는 시선, 개인을 확장시키는 서사, 패턴화된 표현에서 탈주하는 작품은 희귀해졌다. 특히 거대담론을 붙들고 싸우는 작품이 잘 나오지 않고, 그런 작품이 나와도 좀처럼 반응을 얻지 못한다. 개인주의가 주류가 된 데다, 세상이 더 나아질 수 있을 거라는 희망을 찾기 어려운 시대의 영향이다.

　백기완 선생은 혁명이 늪에 빠지면 예술이 앞장서야 한다고 호령했지만, 이제는 예술도 눈치를 본다. 모두의 상상력이 쪼그라들어버렸다. 혁명가가 없는 시대에는 예술도 전복을 꿈꾸지 않는다. 광고와 영화 속에서만 스타일리시한 놀이 같은 혁명의 이미지를 소비할 따름이다. 일거수일투족이 화제가 될 만큼 잘 팔리는 예술가가 전복적인 혁명가 행세를 하면서 스스로를 자랑스러워하는 시대다. 초연해 보이는 기업가가 혁명가 행세를 하는 시대에는 예술가도 마케터가 되지 못해 안달한다. 좋은 예술작품은 예시적 상상력으로 정치나 종교가 펼치지 못한 해방의 세계를 보여주어야 한다지만, 실제로 그 같은 작품을 만들어내는 일은 예술가 한 사람의 고투만으로는 불가능하다. 세상에 간절한 열망이 들끓어야 하고, 사회운동 안팎에서 에너지가 터져나와야 한다. 그래야 예술과 운동이 영향을 주고받으며 시대를 뛰어넘는 작품이 출몰한다. 지금처럼 어디에서도 희망을 찾기 어려운 시대에는 결코 쉬운 일이 아니다. 자신이 보고 싶은 이야기를 해주면 작품의 완성도와 관계없이 열광하고, 자기편을 들지 않으면 비난하는 태도가 만연한 문화에서는 얻을 수 없는 결과물이다.

　독창적인 작품, 독보적인 작품은 천재 예술가 한 사람이 만들어내는 게 아니다. 세상이 함께 만들고 함께 봐야 가능한 일이다. 계속 작업할 수 있을까 불안해지고, 독자의 반응에 일

희일비하게 만드는 세상, 멋지고 화려하지 않으면 반응을 보이지 않는 세상에서 굳건한 정신을 내뿜는 작품이 얼마나 나올 수 있을까. 절망을 마주하지 않는 시대, 장식이 되는 예술만 빛나는 시대에는 예술마저 길을 잃기 마련이다. 창작자, 평론가, 독자 모두 지금 어디에 있는지 돌아봐야 할 때다.

불가능한 꿈을 꾸기

지금 예술은 어떤 이야기를 건네면 좋을까. 사실 요즘 사람들은 이런 질문을 그다지 좋아하지 않는다. 예술은 각자 하고 싶은 이야기를 자유롭게 하면 된다고 생각하는 사람이 훨씬 많다. 예술이 어떤 이야기를 해야 한다고 주장하는 건 꼰대나 하는 훈수라고 거부하는 분위기다. 예술은 지친 자신을 위로해주거나 재미있으면 된다고 여기는 이들이 대부분이다. 세상에는 위로받고 싶어 하는 이들이 넘친다. 다들 쉬고 싶고, 떠나고 싶고, 즐기고 싶어 한다. 그 순간을 채워주는 예술이 가장 사랑받는다. 여전히 예술은 가치 있는 주제, 의미 있는 이야기를 담아야 한다고 생각하는 이들이 많아 보여도, 그들조차 특정한 이야기에만 빠져 있는 경우가 허다하다.

이런 세상에서 예술의 역할에 대해 어떤 이야기를 나눌 수 있을까. 어떻게 질문해야 의미 있는 결론을 끌어낼 수 있을까. 어쩌면 이 질문은 계몽주의 경향이 득세한 1980년대까지만 가능했던 질문일지 모른다. 포스트모더니즘과 신자유주의가 세상을 뒤덮은 1990년대 이후의 예술은 진리와 진실을 드러내기보다는 방법론의 참신함으로 놀라움을 주거나, 스타일리시한 오라를 뽐내거나, 누군가를 위로하는 역할이면 충분하다고 여겨지는 것처럼 보인다.

물론 진지한 질문을 던지는 작품은 늘 존재한다. 불평등에 대해, 차별에 대해, 기후위기에 대해, 무지에 대해, 역사에 대해, 운명에 대해, 인간에 대해, 전쟁에 대해, 폭력에 대해 쓰고 그리고 찍고 노래하는 이들이 있다. 하지만 그 목소리에 귀기울이는 사람은 갈수록 줄어든다. 좋은 이야기가 있어도 듣지 않거나, 어떻게 해야 그들의 작품을 만날 수 있는지 모르는 이들이 다수인 세상이다.

이제 질문은 더 날카롭고 정교해져야 한다. 예술이 어떤 이야기를 던져야 하는지 묻는 것만으로는 마침표를 찍을 수 없다. 어떻게 해야 그 이야기를 더 많은 이들과 나눌 수 있을지까지 고민해야 한다.

예술은 더 나은 삶을 향한 기원에서 출발했다. 공동체의 지향을 대변했다. 삶을 지키고 미래를 꿈꾸는 기도나 마찬가지다. 그런데 자신에 대해, 인간에 대해, 사회에 대해 정직해야 꿈을 꿀 수 있다. 곱고 매끈하고 화려한 기예를 뽐내는 일만 예술의 역할이 아니다. 인간이 얼마나 아름다워질 수 있고, 추해질 수 있으며, 이해할 수 없는 존재인지까지 탐구하고 이야기하는 일이 예술의 본분이다. 예술은 인간이 품은 빛과 어둠을 모두 견디고 드러내고 끌어안아야 한다. 그것이 인간이고, 그럼에도 삶은 소중하기 때문이다. 알 수 없기 때문에, 끈질기기 때문에, 존재하기 때문에 삶은 소중하다.

세상이 얼마나 눈부신지 말하는 만큼, 삶이 얼마나 모호하고 위태롭고 고통스러운지 증언하는 역할이 예술의 존재 이유다. 예술은 인간이 빚어낸 아름다움에 주목하는 동시에 삶을 뒤흔드는 사회와 운명과 인간의 욕망에 대해 말해야 한다. 사회와 운명과 욕망에 휩쓸리며 살아가는 수많은 변방을 기록하고 그들의 목소리를 담아내야 한다. 하루의 삶을 이어가려 애쓰는 이들의 소박함과 간절함과 복잡함을 껴안아야 한다. 불쌍하기 때문이 아니다. 그들이 역사 발전의 주체이기 때문도 아니다. 삶은 그 자체로 소중하고, 모두 연결되어 있기 때문이다. 그것이 세계의 진실이기 때문이다.

하지만 언젠가부터 세상은 단절되었다. 취향과 계급과 젠더와 지역과 이데올로기로 갈라진 세상은 사람들이 저마다 각자의 세계에서 웅크리며 살아가게 한다. 그래도 된다고 여기게 해버린다. 그 결과 자신과 다른 사람을 마주칠 일이 드물어지고, 그들의 이야기를 들을 필요도 없다고 여겨진다. 취향이 같고, 계급이 같고, 젠더가 같고, 정치적 입장이 같은 사람들끼리만 이야기해도 충분하다 믿는다. 예술조차 담을 쌓는 데 일조하는 경향이다.

앞집 윗집 옆집과 김치를 나눠 먹는 세상으로 돌아가자는 이야기가 아니다. 다만 지금처럼 폐쇄적인 개인주의가 팽배한 세상, 사회가 실종된 세상이어서는 곤란하지 않을까. 갈수록 우울증 환자가 늘어나고 자살률이 높아지는 세상 아닌가. 나 아닌 사람은 모조리 남이 되어버리는 세상, 다른 사람을 믿기 어려운 세상, 불안이 넘치고 각자도생이 시대정신이 되어버린 세상에서 온전히 행복한 사람이 몇이나 될까.

사람은 함께 살아가고 서로에게 영향을 미친다. 서로 돕지 않으면 생존할 수 없다. 노동과 서비스를 사고파는 차원이 아니다. 사람은 마음을 주고받아야 산다. 눈을 마주하고 손을 맞잡으며 안부를 묻고 웃음을 나눌 때 사는 즐거움이 피어난다. 맛있는 음식을 나누고, 눈물 흘리는 이의 등을 어루만지고, 넘어진 이를 일으켜 세울 때 삶을 지속할 이유가 생긴다. 그때 나의 삶도 소중해진다.

최근의 예술은 권위와 집단주의 문화에 대한 반발에 개인주의의 영향이 더해져 개인의 내면으로 향하는 경향이 팽배하다. 사회에 대한 불안과 불신도 영향을 미쳤다. 개인은 넘치고 우리는 드물다. 생각해보자. 내면만 존재하는 사람, 사회적 관계를 맺지 않고 살아가는 사람이 있을까. 지하 벙커에서 필요한 모든 걸 온라인으로 주문하고 유튜브만 보면서 살아가는 일은 불가능하다. 정치적으로 올바른 것도 중요하지만 그보다 중요한 것은 사회적인 감각과 인식이다. 혼자서는 살아갈 수 없고, 개인에게는 내면만 존재하지 않으며, 연결과 도움과 신뢰가 사람을 살아가게 한다는 사실을 인정해야 한다.

누군가의 궁핍과 절망과 꿈을 들여다보아야 하는 이유는 정치적으로 올바르기 때문이 아니다. 모든 이들이 감당해야 할 윤리이며 책임이기 때문이다. 예술은 자꾸만 개인으로 갈라지고 침잠하는 세상에 정지신호를 보내고, 연결의 감각을 회복시켜야 한다. 다른 존재와 내가 어떻게 이어져 있는지 찾아보는 역할을 맡아야 한다. 지금 힘들어하는 이들과 내가 어떻게 만날 수 있는지 고민하는 목소리가 되어야 한다.

다른 존재는 이상하고 부담스러우며 나를 침범하는 대상이 아니다. 나와 똑같이 불안하고 연약한 존재다. 그럼에도 변화하는 존재다. 나와 다른 존재를 마주하지 않을 수 있는 무해한 세상, 표백된 세상은 그 어디에도 없다. 서로의 다름과 차이를 마주하는 일은 반드시 불편하고, 누군가는 나의 존재와 성향을 불편해할 수 있다. 나는 정상이고, 다른 사람은 비정상인 게 아니다. 우리는 모두 조금씩 이상한 존재다. 사회는 그 구성원들이 서로 달라 생기는 불편의 필연성을 견디고 존중하고 배려할 때 완성된다. 그래야 세상에 나의 자리가 생긴다. 다른 존재를 만날 때 내가 변화하고 확장한다. 그 충돌과 변화가 성장이며 기쁨이고 행복이다. 예술이 드러내야 할 진실이다.

비단 예술의 힘만으로 가능한 일은 아니다. 교육과 정치가 똑바로 서지 않고서는 쉽지 않은 일이다. 불평등과 차별이 줄어들지 않으면 어려운 변화다. 지금처럼 진영논리가 강한,

탈진실의 사회에서는 더더욱 어려운 일이다. 그럼에도 불가능한 꿈을 꾸는 일이 예술의 원동력 아닐까. 예술은 흔들리면서도 균형을 잡고 진실을 가리키는 나침반으로 남기를. 누구도 외면하거나 피하지 못할 만큼 영롱한 빛을 내뿜기를.

우리 시대 예술가는
어디에 있을까

예술가는 어떤 존재일까. 단순하게 말하면 예술가는 작품을 만드는 사람이다. 우리가 생각하는 예술가는 시인이나 소설가, 화가, 조각가, 작곡가처럼 대개 혼자 작품을 완성하는 사람이다. 하지만 직접 작품을 완성하지 않아도 얼마든지 예술가가 될 수 있다. 가령 기타리스트나 드러머는 혼자 작업하지 않는 경우가 대부분이다. 연극이나 영화처럼 집단적으로 작업하는 장르도 마찬가지다. 그런데도 사람들은 예술가라면 홀로 골방에 틀어박혀 고뇌하면서 작업하는 낭만주의 시대 예술가의 모델을 떠올리곤 한다.

어쨌든 예술가는 함께든 홀로든 계속 작업하는 사람이다. 창작으로 생계를 유지할 수 있으면 좋겠지만 현실에서 그런 예술가는 극소수의 스타 예술가뿐이다. 대부분의 예술가들은 다른 직업을 병행하든가 들어오는 일을 닥치는 대로 하면서 살아간다. 사람들은 예술가가 아무 때나 일어나 먹고 싶을 때 먹고 자고 싶을 때 자면서 하루 종일 작품을 고민하며 지낼 거라 생각할 수도 있지만, 아무리 유명 예술가라도 그렇게 살다 가는 건강이 상해 오래 작업하지 못할 게 뻔하다.

그러니 예술가는 예술과 관련된 일을 계속하면서 살아갈 수 있는 방법을 터득한 사람이라고 해야 정확하다. (만약 물려받은 재산이 있다면 가문에 감사할 일이다.) 어떤 일을 해서든 생계를 유지할 수 있는 노하우뿐 아니라, 지속가능한 활동을 할 수 있는 평판, 실력, 네트워크를 가지고 있어야 한다. 예술가로 살아가기 위해 중요한 것은 천재적인 재능이나 넘치는 영감이 아니다. 사람들은 예술가들이 어렸을 때부터 천부적인 재능을 발휘할뿐더러 가만히 있어도 영감이 샘솟을 거라 여기지만, 이제는 모차르트가 키워놓은 환상을 버릴 때가 지나도 한참 지났다.

가만히 있으면 찾아오는 건 잡생각뿐이다. 영감은 예술가를 먼저 찾아오는 고마운 존재가 아니라, 예술가가 끝없이 찾아 헤매는 미꾸라지 같은 사냥감이다. 예술가는 영감을 찾기 위해 책을 읽고 음악을 듣고 영화를 보고 산책을 한다. 끊임없이 뭔가를 끼적이고 궁리하다가 다른 예술가들의 작품을 기웃거리고 자신의 작품과 비교하며 좌절했다가 돌연 우월감에 빠지기를 자동 무한 반복하는 사람이다. 어제 생포한 근사한 영감이 오늘은 온데간데없이 사라지거나 다시 보니 보잘것없어 망연자실했다가 다시 공책을 꺼내고 자판을 두들기는 사람이다. 예술가는 이 과정을 견디고 즐기고 사랑하는 사람이다. 그래야 예술가로 살아갈 수 있다.

　이런 사람의 내면이 어떻게 늘 평화로울 수 있을까. 더 이상 창작 의뢰가 들어오지 않으면 어쩌나, 작품이 팔리지 않으면 어쩌나, 작품에 대한 평가가 좋지 않으면 어쩌나, 언제까지 쓰고 그리고 만들 수 있을까를 두려워하지 않는 예술가는 없다. 게다가 요즘은 예술가가 스스로의 가치를 높이기 위해 뭐든지 해야 하는 시대 아닌가. 트위터, 페이스북, 인스타그램은 기본이다. 스레드, 틱톡, 유튜브도 해야 하고, 자신의 활동과 작품을 적극적으로 포장해 알려야 한다. 이제 예술가는 창작자인 동시에 자신에 대한 기획자이자 마케터 역할까지 짊어져야 한다. 어찌 보면 예술가의 삶은 소규모 자영업자의 삶과 별반 다르지 않다. 예술가에 대한 지원과 제도적 뒷받침이 늘어나긴 했지만, 갈수록 많아지는 다른 예술가와 경쟁해야 할 뿐아니라 사람들의 한정된 시간을 노리는 수많은 매체와 장르의 예술, 오락, 취미와 싸워 이겨야 한다.

　발목을 잡는 것은 시대적 상황이나 다른 예술만이 아니다. 그저 살아가기 위해 해야 할 일은 또 얼마나 많은지. 입고 먹고 자기 위해, 누군가와 함께 살아가기 위해 챙겨야 할 소소한 일들은 결코 소소하지 않을 만큼 많다. 그렇다고 창작의 고통이 다른 노동보다 우월하거나 가치 있다는 평가를 받아야 할 이유는 없다. 생계와 노동은 모두 간절하고 치열하다. 우리는 한 사회에서 살아가지만 다른 이의 삶과 노동이 서로에게 영향을 미치고 있다는 사실을 가끔 잊고 산다. 캐나다의 환경 과학자 바츨라프 스밀의 주장처럼 현대사회는 시멘트, 암모니아, 철, 플라스틱 같은 물질 없이는 존재할 수 없었다. 예술이 가장 숭고하고 예술만 소중한 역할을 하고 있을 리 없다.

이런 세상에서 예술가의 역할은 무엇이라고 말할 수 있을까. 여전히 예술이 인간의 내면을 비추고 세상을 바꾼다 말하는 이들이 있고, 현장의 고통으로 달려가는 예술가들이 있지만, 요즘 사람들은 제각각의 관심에 따라 흩어져 자신만의 둥지로 들어가버렸다. 사람들은 예술을 통해 큰 깨달음을 얻기보다는 공감할 수 있고 위로받을 수 있는 예술을 선호한다. 삶과 세상을 바꾸는 예술보다 자신을 멋지게 포장할 수 있는 예술, 금세 이해할 수 있는 예술이 각광받는 시대다. 예술은 기꺼이 상품이 되거나 상품의 근사한 커버가 되기를 꿈꾸고, 이해하기 어려운 작품에는 무관심뿐 아니라 혹평까지 이어진다. 잃지 말아야 할 가치에 천착하는 작품보다 트렌디한 작품이 사랑받는 모습을 보고, 예술이 밥벌이조차 되지 못할 때 절망하지 않기란 불가능하다. 예술가가 무너지거나 자신을 잃어버리기 쉬운 세상이다.

그러니 예술가는 현재보다 미래를 살아가는 사람일지 모른다. 지구를 구하지 못하더라도, 지금 인정받지 못하더라도, 번번이 실패하더라도 쓰고 만들고 다듬고 고치는 사람. 미래의 성공을 위해서가 아니라 언젠가 써낼 작품을 위해 작업실에 틀어박히는 사람. 작업실에서 세상과 사람을 들여다보고 품으려는 사람. 막상 만나보면 그다지 로맨틱하거나 사려 깊지 않고 평범하거나 괴팍할지라도, 그래서 예술가에 대한 환상을 와장창 깨트리더라도 작업하고 또 작업하는 모습이 예술가의 실체다. 그럼에도 버티고 작품 안팎에서 싸우며 더 나은 작품을 내놓는 덕분에 다른 이들과 세상이 달라지고 깊어지고 넓어질 가능성이 사라지지 않는다.

어떤 음악이 좋은 음악이냐고
묻는다면

강의를 할 때면 자주 받는 질문이 있다. 어떤 음악이 좋은 음악이냐는 질문이다. 대중음악의견가니까 좋은 음악을 많이 알고, 음악에 대한 분명한 평가 기준이 있을 거라고 생각해서인지 늘상 같은 질문을 받곤 한다.

어떤 음악이 좋은 음악일까? 우리는 대개 마음에 드는 음악을 좋은 음악이라고 한다. 그럼 듣는 사람을 만족시키는 음악은 모두 좋은 음악일까? 어떤 사람에게는 요즘 에스파의 〈Supernova〉가 좋은 음악이고, 다른 사람에게는 이랑의 음악이 좋은 음악일 텐데, 에스파의 음악이 좋은 사람에게 이랑의 음악은 별로 안 좋은 음악일 수 있고, 이랑의 음악이 좋은 사람에게 에스파의 음악이 안 좋은 음악일 수 있다. 나만 해도 어머니가 무척 좋아하시는 정동원의 음악이 그냥 그렇고, 내가 정말 좋아하는 들국화의 음악이 어머니에게는 시끄러운 음악일 뿐이다. 사람마다 성별이 다르고, 나이가 다르고, 지역이 다르고, 계급이 다르고, 취향이 다르고, 가치관이 다르기 때문일 것이다. 그래서 각자 좋아하는 음악을 모두 '좋은 음악'이라고 부른다면 세상에는 사람의 숫자만큼 좋은 음악이 존재한다고 해야 한다.

그런데 어른들은, 선생님들은, 대중음악평론가들은, 지식인들은, 권력자들은 좋은 음악과 덜 좋은 음악, 혹은 나쁜 음악을 나누곤 한다. 가령 어른들은 요즘 청소년들이 좋아하는 아이돌팝을 그다지 좋은 음악이라고 생각하지 않는 듯하다. 그렇지 않으면 청소년들이 아이돌팝만 듣는다며 다른 좋은 음악을 더 들어야 한다고 말할 리 없다. 예전에 포크 싱어송라이터 김두수의 공연을 보러 갔더니, 팸플릿에 지식인들이 하나같이 '말초신경을 자극하는 노래들만 가득한 시대에 김두수의 음악만이 깊고 진실한 음악'이라고 칭찬한 글을 잔뜩 써둔 걸 보았다. 그분들은 진지하고 고급스러운 음악이 좋은 음악이라고 생각하는 모양이다. 실제로 19세기 영국의 매슈 아널드 같은 학자는 문화를 인간의 사고와 표현의 뛰어난 정수라고 보았고, 그런 문화만을 가치 있는 것으로 평가했다.

물론 가벼운 얘기만 하는 것보다 진지하고 본질적인 이야기를 하는 것이 더 의미 있을 수 있다. 인류의 역사는 진지하고 본질적인 문제를 붙잡고 고민하면서 발전해왔으니까 말이다. 하지만 삶이 항상 진지하고 본질적인 문제로만 채워지지는 않는다. 우리의 삶은 소소한 사건들을 통해 이어지는 경우가 더 많고, 그때에도 여러 감정을 느끼며 살아간다. 사랑의 설렘을 느끼는 순간보다 존재의 고독을 느끼는 순간이 더 소중하고 값진 순간이고, 그보다 국가와 민족을 고민하는 순간이 더 가치 있다고 단언하기 곤란한 이유다. 그러니 뉴진스가 부른 〈Ditto〉보다 양희은이 부른 〈사랑 그 쓸쓸함에 대하여〉가 더 좋은 노래이고, 그보다 김민기의 〈아침이슬〉이 더 좋은 노래라고 단언하기는 어렵다. 마찬가지로 포크가 일렉트로닉보다 더 좋은 음악이라고 선포하기도 불가능하다.

음악의 장르나 메시지로 좋은 노래, 안 좋은 노래를 나누는 것은 듣는 사람의 성별, 나이, 지역, 계급, 취향, 가치관으로 형성된 고정관념과 권력관계를 반영하는 태도일 뿐이다. 단지 자기가 좋아하는 음악을 좋은 음악이라고 말하기 위해 의미 부여하는 태도라는 얘기다. 딱히 좋은 노래, 안 좋은 노래가 정해진 것이 아니라 듣는 사람에 따라 다르다는 말이다. 사람마다 좋은 음악이 다른 건 당연하다.

다만 음악적으로 더 완성도 있는 음악이 있을 수는 있다. 우리는 음악을 들을 때 음악과 자신의 삶, 감정을 연결해서 수용하는데 좋은 멜로디, 좋은 비트, 좋은 사운드를 가진 음악은 듣는 이의 정체성과 무관하더라도 마음을 흔들 수 있는 힘을 가지고 있다. 완성도 높은 음악은 한 번도 이별해보지 못한 사람까지 울릴 수 있다. 먼 곳에 사는 다른 시대의 사람까지 사로잡을 수 있다. 대단한 메시지를 담지 않았더라도 히트하는 곡들의 비결이다.

음악은 소리의 예술이다. 금세 귀에 박히는 멜로디와 비트, 매혹적인 목소리, 극적인 구조, 남다른 연주와 사운드는 더 많은 사람들의 마음을 헤집고 들어가는 열쇠다. 대중적이거나 예술적인 음악의 힘이다. 물론 이 또한 듣는 이의 정체성과 경험, 상황에 따라 주관적으로 들릴 수밖에 없고, 히트 여부나 평론가의 평가가 절대적이지도 않지만, 많은 사람을 사로잡거나 다양한 음악을 들어온 이들의 귀를 매료하는 일은 남다른 감각과 창작력을 발휘하지 않고서는 불가능하다. 완성도 높은 음악은 강력한 설득력, 오래 이어지는 생명력, 타의 추종을 불허하는 오라를 갖고 있다. 표현하려는 이야기를 힘 있고 효과적인 멜로디, 비트, 화음, 톤, 사운드로 담아낸 덕분이다. 이것이 음악가의 능력이고 감각이며 노력의 결과다.

그래서 노래 잘하는 가수, 좋은 음악 언어와 사운드를 가진 음악에 많은 이들이 열광한다. 노래를 잘하려고, 연주를 잘하려고, 좋은 사운드를 담으려고 애쓰는 이유다. 간혹 대중음악평론가들은 왜 대중들이 별로 안 좋아하는 이상한 음악만 좋아하느냐고 묻는 이들이 있는데, 대중음악평론가들이라고 대중적인 음악을 폄하하거나 안 좋아하진 않는다. 다만 흔히 들을 수 있는 장르와 스타일에 국한되지 않고 다양한 장르, 다양한 사운드를 구사하는 음악에 골고루 귀를 기울이다보니 음악적 완성도와 새로움을 중요하게 생각하게 되고, 보통 사람들과 조금은 다른 안목이 생긴 게 아닐까. 물론 그것이 좋은 음악과 안 좋은 음악을 나누는 절대적 기준은 아니다. 자기의 마음을 흔드는 음악이 좋은 음악인 것처럼 음악의 완성도가 뛰어난 음악이 좋은 음악일 수 있다는 이야기를 하려는 것뿐이다.

그렇다면 당신의 기준은 어떠한가. 음악에서 어떤 부분을 중시하는가. 좋아하는 음악들의 공통점은 무엇인가. 결국 음악은 음악을 듣는 자신에게 귀 기울이게 함으로써 스스로를 알게 한다. 음악의 가장 중요한 역할이다.

상업성과 예술성이라는 이분법

대중음악에서 예술성(혹은 음악성)과 상업성은 어떤 관계가 있을까. 예술성과 상업성은 철저히 배타적일까. 아니면 필연적으로 혹은 불가피하게 연결될 수밖에 없을까. 대중음악계 안팎에는 여전히 예술성과 상업성을 배타적인 관계로 보는 견해가 있다. 좋은 음악은 상업성을 배격하고 예술적 완성도를 높이기 위해 혼신의 힘을 다한 예술가의 고뇌 어린 창작물이라는 관점이다. 사람들은 다수의 음악마니아들이 전설이나 신화라고 부르는 음악인들에 대해 대부분 이러한 태도로 작품을 만들며 살아왔을 것이라고 생각하는 경향이 있다. 이 생각은 그들에 대한 존경심을 배가해 신화를 완성한다.

하지만 현대 자본주의사회의 테크놀로지 발전으로 음악을 음반에 담을 수 있게 된 이후, 음악은 음반이라는 상품 형태에서 벗어나기 어려워졌다. 음반은 대중음악 시장을 소규모 시장에서 시공간을 뛰어넘는 대규모 시장으로 바꿔놓았다. 특히 음반은 음악을 만들고 녹음하고 대중에게 알리는 과정을 혼자서 감당할 수 없게 만들었다. 문학이나 미술처럼 혼자서 쓰고 그리고 만들어도 되는 예술 장르의 경우에는 좀 더 사적이고 독립적이며 전복적일 수 있지만, 대중음악은 편곡, 연주, 녹음, 제작, 판매를 비롯한 각각의 과정에 많은 이들이 참여하고 개입한다. 음반을 만들기 위해서는 많은 협업자의 참여와 적지 않은 자본 투여가 필요하다. 제작비를 회수해야 한다는 압박을 받을 수밖에 없다. 게다가 창작의 결과물을 대중에게 알리기 위해 음반으로 내놓는 순간 상품으로 전화하는 음악은 다른 음악과 경쟁해야 하는 숙명에 놓인다. 세상의 모든 음악을 다 들을 수 없고, 세상의 모든 음반을 다 살 수 없기 때문이다.

그러다보니 현대 대중음악 시장이 형성된 지 얼마 되지 않은 1930년대부터 틴 팬 앨리Tin Pan Alley⁺를 주축으로 한 상업적 대중음악 제작시스템이 등장한 현상은 필연에 가깝다. 팝에서만 상업적 고려를 한 것은 아니다. 대중음악 역사에서 불멸의 아티스트인 비틀스가 데뷔와 함께 헤어스타일과 의상을 바꾼 것, 롤링 스톤스가 일부러 거칠고 야성적인 스타일을 선택한 것도 모두 흥행을 고려한 의도적 행동이었다. 대중음악 역사에서 인기와 판매를 위해 스타일을 만들고 음악을 기

+   미국 뉴욕 맨해튼 플라워지구의 한 구역에 붙여진 이름이다. 이곳에
     음반사와 창작자들이 모여 팝음악을 만들었다.

획한 예는 허다하다. 주류적이고 대중적인 음악인들만의 이야기가 아니다. 대안적이거나 비판적이고 반항적인 음악인들 역시 마찬가지다. 처음에는 대안적이거나 전복적이었다 해도, 대안적이거나 전복적인 이미지와 가치가 또 다른 시장을 만들어낸 경우는 펑크만이 아니다. 대중음악 역사는 주류와 비주류, 하위문화subculture, 대항문화가 등장하고 응전하며 자리를 바꾸는 과정의 연속이었다.

우리가 음악을 향유하고 소비할 때는 소리의 아름다움에만 반응하지 않는다. 음악인의 스타일과 정체성, 태도에도 주목한다. 음악인의 서사와 음악인이 선사하는 다양한 즐거움을 따져본다. 어떤 이들은 음악에만 집중한다고 말하지만, 음악에 집중한다고 할 때도 그 음악인이 음악에만 집중하는 것처럼 보이는 태도를 특별하게 향유하는 셈이다. 음반과 라디오에서 영화와 텔레비전으로, 콘서트와 뮤직비디오, 온라인 음악 스트리밍서비스, 소셜미디어로 옮겨간 지난 100여 년 동안 대중음악은 꾸준히 육체와 언어를 변형하고 확장했다.

테크놀로지와 시장이 함께 변화하는 동안 음악산업은 기획과 마케팅을 통해 음악의 상품성을 끊임없이 개선하고 보강했다. 더 많은 음악 팬을 겨냥하며 보편성과 대중성에 초점을 두거나, 한정되지만 충실한 팬층을 타깃으로 하는 식으로 음악 상품은 분화하고 정교해졌다. 팝의 역사, 그중에서도 케이팝의 역사는 전자의 흐름을 극명하게 보여준다. 반대로 트로트, 록, 포크 같은 특정 장르 시장은 후자에 좀 더 가깝다. 스타덤, 팬덤, 포트폴리오 전략, 블루오션, 레드오션 같은 단어들은 대중음악 시장의 전략을 단적으로 보여준다. 대중음악은 한 번도 상품이지 않은 적이 없다.

그럼에도 대중음악의 예술성과 상품성을 분리해서 보는 견해가 여전히 존재하는 이유는 대중음악이 상품이면서 동시에 작품이기 때문이다. 대중음악은 사고파는 문화 상품인 동시에, 예술가의 창작품이다. 그래서 소장욕구나 소비욕구를 자극하는 동시에 영혼과 세계관, 지성과 감성을 자극한다. 그 자극으로 인한 감동과 즐거움은 음악을 소비하고 향유하는 일을 다른 상품의 소비와는 다른 영역으로 데려간다. 음악을 구입하고 보거나 듣는 일만큼은 상품을 소비하는 행위가 아니라 영혼을 위무하고 지성을 발현하며 감각을 고양시키는 행위로 여겨지는 것이다. 이 과정에서 좀 더 진지하고 형이상학적/비판적 가치를 탐색하고 형상화하는 작품은 상품이 아니라 지적인 동반자처럼 받아들인다. 그래서 이 같은 음악작품을 향유하는 일은 대중적인 작품을 즐기는 일과는 다른 가치가 있는 고귀한 행위로 평가받는다.

그렇다고 작품이 상품이 아닌 것은 아니다. 작품처럼 여겨지는 음악은 작품성, 음악성, 예술성, 진정성 같은 가치를 부각하기 위한 장치를 작동시킨다. 더 순수하게, 더 깊이 있게, 더 치열하게 보이도록 만드는 것이다. 혹은 흥행을 위한 장치를 일부러 배제하기도 한다. 음악이 그 같은 역할을 담당할 수 없거나 그 같은 역할을 수행해도 별다른 반향을 이끌어낼 수 없다고 판단하기 때문이다.

날마다 쏟아지는 신곡은 하루 평균 10만 곡이 넘을 만큼 많다. 게다가 이제 음악의 경쟁 상대는 음악만이 아니다. 게임, 드라마, 영화, 유튜브 영상 같은 다른 콘텐츠가 넘쳐난다. 24시간밖에 안 되는 하루의 시간, 그 한정된 시간을 점유하기 위한 경쟁은 갈수록 치열하다. 여기서 소리라는 언어를 사용하는 음악은 다른 일을 하면서도 즐길 수 있다는 강점과, 시각적으로 자극할 수 없다는 약점을 동시에 지니고 있다. 테크놀로지의 발전과 맞물린 음악 콘텐츠의 꾸준한 변화는 음악의 약점을 극복하기 위한 끊임없는 노력의 역사였다. 만약 진정성과 작품성이라는 가치만 고수하면서 음악을 콘텐츠화하지 않았다면 음악의 영토는 갈수록 줄어들었을지 모른다.

그러므로 대중음악의 예술성과 상품성을 분리하거나 대립적으로 판단하는 것은 불가능할 뿐 아니라 의미도 없다. 어떤 음악이 대중적으로 잘 팔리는 것은 예술성을 방기하고 상품성만 부각한 결과가 아니다. 주류 음악을 좋아하지 않거나 대중적인 작품에서 즐거움을 찾지 못하는 이들은 거기에 상품성만 존재하고 예술성은 없다고 폄하하지만, 음악적 완성도를 갖추지 못한 채 다른 요인만으로 인기를 얻는 작품은 극히 드물다. 방송이나 소셜미디어 등을 통해 화제가 되는 경우 시선을 끌 수 있겠지만, 결국 음악으로 설득하지 못하면 사람들의 관심은 순식간에 사그라든다. 케이팝이 인기를 끄는 이유도 수려한 외모나 칼군무 때문만이 아니다. 수많은 케이팝 아이돌 중에 특정 팀, 특정 곡이 인기를 끄는 이유는 그들의 콘셉트와 세계관, 커뮤니케이션, 뮤직비디오 때문만이 아니다.

게다가 케이팝을 비롯한 주류 음악들 역시 자주 진정성 넘치는 가치와 세계관을 담지해왔다. 오래전 미국의 몽키스와 한국에서는 H.O.T의 경우가 대표적이다. 최근 BTS, (여자)아이들, 핫펠트를 비롯한 케이팝 아이돌 음악의 노랫말과 뮤직비디오는 주류와 인디, 예술성과 상품성을 이분법적으로 나눌 수 없다는 명백한 증거다. 이제 주류 음악은 작가주의적인 음악을 지향하며 인디 음악인과 협업하고, 비주류 음악은 보편적인 음악을 지향한다. 자본의 규모는 다르지만 마케팅 방법을 서로 배운다. 주류와 비주류는 서로 영향을 주고받으며 대중음악의 생태계를 함께 채운다. 그것이 계속 인기를 얻기 위한 전략이며, 생존하기 위한 방법이다.

물론 그 와중에도 여전히 독립적이고 대안적인 음악을 지향하는 이들이 있다. 이들의 영향력이 아무리 미미하다 해도 낮은 상업성을 이유로 예술적 성과를 무시할 수는 없다. 다만 음악과 음악인의 신과 태도가 음악의 완성도를 전적으로 담보하지는 않는다. 비주류 음악이라고 해서 반드시 더 좋고 더 진심 어린 음악이라고 볼 이유는 없다는 얘기다.

만약 주류 음악에 좀처럼 마음을 줄 수 없다면 그 이유는 음악의 완성도가 떨어지거나 가식적이어서가 아니라, 트렌디한 당대 음악에 적응하지 못하는 세대가 되었거나, 단지 그 음악이 익숙하지 않기 때문일 수 있다. 중요한 것은 독립적이고 대안적인 음악을 즐기면서 이를 자신의 교양을 증명하는 수단으로 사용하는 것이 아니라, 주류/인기 음악의 완성도와 그 음악에 깃든 가치를 읽어낼 줄 아는 당대적 균형 감각을 갖는 일이다. 동시에 독립적이고 대안적인 음악이 지속가능할 수 있도록 대중적 접점과 통로를 만들고 확장되도록 돕는 일이다. 현대의 대중음악은 고르고 다양하게 완성도 높고 변화무쌍하다. 더 이상 차이가 우열의 근거가 되어서는 안 된다.

노래가 세상을 바꿀 수 있을까

노래가 세상을 바꿀 수 있다고들 한다. 김민기, 밥 딜런, 존 바에즈 같은 음악인들의 대표곡에 공식처럼 따라오는 이야기다. 〈아침이슬〉이나 〈We shall overcome〉 같은 노래를 함께 부르면서 사람들이 같은 꿈을 꾸었다는 이야기는 얼마나 아름다운가. 광장에 사람들이 끝없이 모이고 함께 노래하는 모습은 얼마나 장엄한가. 그날 이후 사람들은 노래가 세상을 바꾸었다 말했다. 믿음은 신화가 되었다. 세상을 바꾼 노래 목록을 기계적으로 읊을 수 있을 정도다. 나도 오래도록 그 이야기를 믿었다. 예술이 위대하다고 여긴 이유다. 예술가를 존경하는 이유 중 하나다. 그래서 세상을 바꾸는 노래가 계속 나오기를 꿈꾸었다.

하지만 정말 그럴까. 정말 노래가 세상을 바꿀 수 있을까. 이제 생각은 바뀌었다. 지금 묻는다면 세상을 바꾸는 건 노래가 아니라고 말하겠다. 세상을 바꾸는 건 노래가 아니라 사람들의 행동이다. 연대다. 사람들이 각성하고 연대하고 투표하고 시위할 때 세상이 바뀐다. 소셜미디어에 쓰고 불매해야 겨우 세상이 바뀐다. 물론 기술도 세상을 바꾼다.

사실 노래를 만들고 부르는 일 또한 행동인데, 김민기, 밥 딜런, 존 바에즈 등의 노래가 세상을 바꾼 것처럼 보이는 이유는 그때 모여서 함께 노래 부른 사람들이 많았기 때문이다. 혼자 방에서 노래를 불러댔다면 아무리 큰 목소리로 불렀어도 세상은 꼼짝도 하지 않았을 게 분명하다. 반전운동, 인권운동, 민주화운동이 압도적 다수가 참여하는 대중운동으로 펼쳐졌기 때문에 잠깐이나마 이길 수 있었다.

그들은 노래를 부르기 위해 모인 게 아니었다. 전쟁을 멈추기 위해, 다른 정체성을 가진 이들의 인권을 지키기 위해, 민주주의를 찾기 위해 모였다. 최루탄을 견뎠고, 경찰서에 끌려가기를 두려워하지 않았다. 모인 사람들이 있어서 노래에 힘이 실렸다. 함께 부른 노래는 심장에 박혔고 멀리멀리 날아갔다. 노래 덕분에 사람들이 힘을 낼 수 있었다. 가진 게 없는 이들이 함께 노래 부를 때 노래는 꿈이 이루어진 그날의 온기처럼 다가왔다. 노래는 광장의 온도를 바꾸었고, 불안과 의심을 낙관과 확신으로 전환했다. 그 결과 세상을 조금이나마 바꿀 수 있었다.

이렇게 이야기하면 역시 노래가 세상을 바꾸었다고 말할지 모르지만 선후를 바꿔서는 안 된다. 그런데도 노래가 세상을 바꾸었다고 믿는 건 예술을 낭만적으로 바라보거나 신비화하는 태도다. 실제로 예술은 설명할 수 없는 신비로움으로 우리를 뒤흔든다. 그러다보니 예술은 뭔가 특별한 능력을 가지고 있을 것 같다. 못 해내는 일이 없을 것 같다.

반면 운동은 부담스럽고 어렵게 느껴진다. 고민을 많이 해야 할 것 같고, 고난을 각오해야 할 것 같다. 그러다보니 쉽게 참여하기 어렵다. 물론 요즘에는 시민사회단체 회원이 되거나 후원을 하는 이들이 많다. 가볍게 뭔가를 구입하면서 연대하는 방식도 흔하다. 그럼에도 실제 시위에 참여하는 일은 망설여진다. 바빠서 시간이 나지 않기도 한다. 그런 이들에게 노래가 세상을 바꾸었다고 하면 부담이 줄어든다. 굳이 두려움에 떨며 행동하지 않아도 될 것 같다. 그게 더 우아하고 고급스럽게 느껴지기도 한다.

실제로 노래는 집회를 즐겁고 감동적으로 바꿔주는 역할을 하지 않았을까. 노래는 집회와 시위에 대한 사람들의 문턱을 낮춰주는 역할을 톡톡히 하지 않았을까. 하지만 노래가 모든 이야기를 다 하지는 않는다. 실제로 노래가 하지 않은 이야기가 수두룩하다. 사건이 터질 때마다 즉시 노래를 만들 수는 없기 때문이다. 노래를 만들려면 음악가의 마음이 움직여야 하고, 충분히 알아야 한다. 그러려면 시간이 필요하다. 어떤 면에서는 다른 장르 예술가에 비해 음악인들의 고민이 부족하거나 장르의 차이가 있을 뿐이라고 냉정하게 이야기할 수도 있다.

무엇보다 음악가는 노래를 만들고 불러 생계를 유지할 수 있어야 계속할 수 있다. 아무리 의미 있는 노래를 부른다 해도 팔리지 않으면 자본주의사회에서 살아남을 수 없다. 그런데 사람들은 비판하고 성찰하는 노래, 고민하고 아파하는 노래보다 가벼운 노래를 더 좋아한다. 노래가 진지한 사유와 문제 제기의 방식이 되어도 좋다고 생각하지만, 해야 할 일이 많고 책임져야 할 일투성이일 때 사람들은 노래를 통해서까지 고민을 이어가고 싶어 하지 않는다. 노래는 가벼운 놀이이거나 자신을 위로하는 손길이기를 바라는 이들이 대부분이다. 그게 맘 편하다. 그러다보니 비판적인 노래, 철학적인 노래가 힘을 얻는 일은 드물다. 세상을 바꾸기 전에 노래를 알리는 일, 노래를 살리는 일부터 고난의 연속이다. 의미 있는 메시지를 담았고 잘 만들었는데 알려지지 않은 노래가 얼마나 많은지 모른다.

그래서 노래가 세상을 바꾸었다고 말하는 사람을 보면 순진하다는 생각마저 든다. 그렇게 이야기하는 사람은 사실 운동이 세상을 바꾸는 순간을 경험한 것일지 모른다. 한국의 경우 1987년 6월항쟁을 경험한 이들이 이렇게 말하는 경우가 많다. 물론 노래가 별 역할을 하지 못하는 것보다 의미 있고 훌륭한 일을 해내는 편이 근사하겠지만, 그 같은 변화의 순간을 만나기는 쉬운 일이 아니다. 어쩌면 그 순간은 무지개처럼 잠시 나타났다 사라지는 찰나일지 모른다. 무지개는 자주 뜨지 않는다. 그러니 무지개가 피어난 아름다운 순간만 추억하고 기

다리기보다, 잘 보이지 않지만 지금 어딘가에서 싸우고 위로
하고 연대하는 노래를 찾아보는 건 어떨까. 그 현장의 노래를
함께 불러보는 건 어떨까. 내 목소리가 더해지지 않는 노래는
합창이 되지 못한다. 노래가 외롭게 싸우는 세상이 바뀔 리 만
무하다.

민중가요를 위한 변명

민중가요 이야기를 하면 항상 듣는 부정적 평가가 있다. 촌스럽다는 반응이다. 정치적 올바름을 따지자면 '촌스럽다'는 말에서부터 딴지를 걸어야 하지만, 일단 넘어가자.

촌스럽다는 민중가요가 어떤 곡들인지 말하지 않아도 알 것 같다. 노래를 찾는 사람들 2집의 〈솔아 푸르른 솔아〉부터 〈광야에서〉로 이어지는 느린 노래들이거나, 김호철이 만든 군가풍 노동가요 아닐까. 물론 다른 노래일 가능성도 충분하다.

이 노래들은 1980년대부터 1990년대까지, 그리고 그 후에도 많은 이들이 좋아했다. 하지만 발표 당시부터 특유의 정서와 미감 때문에 누구에게나 쉽게 다가가기는 어려웠다. 대개의 대중가요는 익숙한 어법으로 사랑과 이별을 이야기하고 흔히 들을 수 있는 데 반해, 민중가요는 여전히 일상적으로 듣기가 어려운 편이다. 게다가 메시지가 무거운 만큼 노래가 비장하고 자주 전투적이었다. 익숙하지 않은 데다가 비장하고 전투적이기까지 하니 친근감을 느끼기 어렵다. 운동권 활동을 접하지 못했거나 운동에 관심이 없는 이들이 민중가요를 너무 무겁고 센 노래, 낯설고 불편한 노래라고 느끼는 건 어찌 보면 당연하다.

1980년대의 민중가요는 사운드조차 거칠었다. 독재정권 아래에서 민중가요는 몰래 녹음해야 했고, 돈도 없었기 때문이다. 전문 연주자의 힘을 빌릴 수 없었고, 정식 녹음실에서 녹음하거나 믹싱과 마스터링 작업을 하지 못했다. 초창기 민중가요는 비전문 예술가들이 카세트테이프에 녹음하고 유통할 수밖에 없었다.

하지만 그 노래들은 많은 이들을 사로잡았다. 공장에서 학교에서 교회에서 거리에서 함께 불린 노래는 불의한 권력을 향해 불화살처럼 날아갔고, 맞잡은 손에 힘을 더해주었다. 그 노래는 누구도 막지 못했다. 독재자도 경찰도 안기부도 검사도 어찌하지 못하는 노래는 대숲을 흔드는 바람처럼 소곤거렸고, 대지를 넘실거리는 강물처럼 밀려들었다. 민중음악인들은 다른 음악인들이 말하지 못하는 용기와 진실을 노래에 담아 세상에 불을 질렀다. 함께 가야 할 길과 끝내 도착해야 할 세상을 노래로 먼저 보여주었다.

민중가요라고 늘 똑같은 방식으로만 노래하진 않았다. 1990년대에는 록을 시도했고 헤비메탈로 소리치기도 했다. 경쾌하고 발랄한 노래를 부르며 춤을 추는 일도 흔했다. 하지만 어떤 노래는 옛 모습 그대로 남았다. 노래에 담은 마음이 너무 뜨거웠던 탓이다. 노래와 함께한 시간이 한없이 진실했던 탓이다. 보통 사람들에게도 어떤 노래는 인생의 노래가 되곤 하는데, 민중가요를 품은 이들은 그 노래들을 듣고 부르고 즐기는 노래, 좋아했던 추억의 노래 정도로 곁에 두지 않았다. 민중가요는 삶을 선택하고 결단하고 지켜가는 신념의 노래였다. 종교처럼 영롱한 거울이자, 영원히 지켜나갈 가치의 일부였다. 민중가요를 듣고 부르는 일은 뜨겁고 순수한 대오 속 자신으로 돌아가는 의식을 치르는 일이나 마찬가지였다. 그러다보니 옛날 노래를 다시 듣고 부르는 일이 전혀 이상하지 않았다.

그러한 경험이 없는 이에게 민중가요는 운동권만 듣는 노래이거나 옛날 노래일 수밖에 없다. 대부분의 사람들은 자신이 경험한 대중음악의 감수성으로 민중가요를 판단하기 마련인데, 30년 이상 된 노래, 메시지가 선명한 노래, 어법이 다른 노래가 다른 가치와 취향을 가진 현재의 사람에게 같은 무게로 울려퍼지기는 불가능하다. 경험과 가치관의 차이 때문에 재미없게 들리거나 고루하게 들린다는 평가를 극복하기 쉽지 않다는 점을 인정해야 한다.

민중가요가 촌스럽다고 말하는 이들 중에는 민중가요의 예술성이 떨어진다고 말하는 이들도 있다. 민중가요의 어법이 단순하고 구태의연하다는 지적이다. 뜻은 좋지만 음악의 수준이 떨어진다는 것이다. 정말 그럴까. 왜 그런데도 "흩어지면 죽는다 / 흔들려도 우린 죽는다"는 〈파업가〉는 여전히 울려퍼지고 있을까. 투쟁하는 노동자들의 미감이 뒤떨어져서일까.

2010년대 이후의 민중가요가 새로운 어법을 만들어내지 못한 것은 사실이다. 이제는 민중가요의 시대가 아니기도 하다. 하지만 예술성은 매끈한 연주와 화려한 조성, 새로운 사운드와 어법을 가진 음악에만 부여하는 합격증 같은 게 아니다. 예술성은 한 가지 방식으로만 존재하지 않는다. 음악마니아나 평론가가 이야기하는 예술성이 예술성의 전부가 아니다. 예술성이라는 잣대는 얼마든지 다른 층위의 기준을 가질 수 있다. 음악가, 평론가, 마니아만 내릴 수 있는 판결이 아니다.

많은 사람을 뒤흔들고, 듣고 부를 때마다 마음을 뒤흔든다면 그 노래는 예술성이 있다고 봐야 한다. 노래가 30년이 넘도록 살아남았다면 30년 이상 간절함을 발산할 만큼 잘 만든 노래이기 때문이다. 예술성이 없다면 대중성이 있는 셈이고, 그도 아니라면 진정성이 있는 것이다. 그 진정성이 오랜 세월 동안 노래를 듣고 부른 이들의 삶과 생생하게 통하기 때문이다. 시간을 뛰어넘는 노래, 삶이 되는 노래, 삶을 지키는 노래, 삶에 박힌 노래는 쉽게 나오지 않는다. 그런 노래를 예술성이 없다고 손쉽게 비난해서는 안 된다.

사실 어떤 세대건 자신의 세대에 익숙한 음악과 다른 어법을 구사하는 예술작품은 폄하하는 경향이 있다. 이런 게 음악이냐고 깎아내리거나 낡았다고 비판한다. 세상에는 음악마니아가 선호하는 음악과 호평하지 못하는 음악도 분명히 있다. 민중가요는 의미 있는 음악이기 때문에 어떤 비판도 하지 말라는 이야기가 아니다. 민중가요 중에도 당연히 잘 만든 곡과 잘 만들지 못한 곡이 있다.

　　다만 예술성이라는 기준을 조금만 열린 마음으로 대하면 어떨까. 말하지 못한 사람들의 마음을 절절하게 대변하는 노래, 시대와 역사에 짓밟혔지만 꺾이지 않은 이들의 마음을 생생하게 담아낸 작품들이 있다. 그런 작품 앞에서는 예술성이라는 잣대는 잠시 내려두고, 그 작품의 가치와 그 작품을 사랑한 이들의 삶을 존중할 수 없을까. 아니, 예술성의 의미를 넓힐 수 있지 않을까. 예술은 때때로 내가 좋아하지 않는 어법을 사용해서라도 삶을 껴안고 누구도 소외되지 않는 세상으로 초대한다. 예술이 여전히 소중한 이유다. 거친 옛 노래들을 변호할 수밖에 없는 까닭이다. 어떤 노래는 투박하지만 우직한 목소리로 삶을 지켰다.

내가 사랑한 민중가요

세상에 노래는 많다. 민중가요 역시 마찬가지다. 고등학교 2학년 때였던 1989년 노래를 찾는 사람들 2집을 들으며 처음 민중가요를 만난 후 34년 동안 이런저런 민중가요를 꾸준히 들어왔다. 그중 유독 마음을 빼앗은 노래가 없을 리 없다.

〈전대협 진군가〉를 오래 불러왔다. 이 노래만큼 벼락처럼 내리친 노래가 있었던가. 대학 신입생 시절 학교 집회에 별안간 나타난, 국내 대학 총학생회를 망라한 학생운동단체 전대협(전국대학생대표자협의회) 의장 김종식 한양대학교 총학생회장을 맞이하는 학우들이 벌떡 일어나 이 노래를 부를 때까지만 해도 몰랐다. 왜 다들 일어나 이 노래를 합창하는지, 이 노래가 뭔지 알지 못했다. 그 노래가 바로 〈전대협 진군가〉이고, 전대협 의장이 등장하면 모두 일어나 〈전대협 진군가〉를 부르는 일이 불문율이라는 사실을 뒤늦게 알게 되었다. 그 후 같은 상황을 반복하다보니 저절로 노래가 입에 붙었다.

엄청난 노래였다. "조금만 더 쳐다오 / 시퍼렇게 날이 설

때까지"라니. 탄압하는 세력에게 멈추라고 애원하는 게 아니라 조금만 더 쳐달라고 말하다니. 대단한 기백이 아닐 수 없다. 그 자신감에 매료당했다. 작곡가 윤민석의 대표곡 중 하나인 이 노래는 고음으로 치달으면서 열창만큼의 결기를 분출한다. 청춘이 무모하기 때문일 수 있지만 노래는 무한대의 투쟁 의지, 해방 의지를 내뿜는다. 전대협에 대한 견결한 믿음이기도 했다. 절대로 지지 않겠다는 다짐, 기필코 이긴다는 낙관이었음은 물론이다.

사실 당시 전대협 백만 학우 가운데 일부만 공유한 신념이었지만 〈전대협 진군가〉에는 그 숫자 같은 건 아무 상관없다고 믿어버리게 하는 힘이 있었다. 그 시절 다른 청춘들은 서태지와 아이들의 노래로 자극받았다면 나는 이 노래로 불타올랐다. 전대협의 일원으로 투쟁해서 힘이 났고, 이 노래를 부를 때면 아무것도 두렵지 않았다. 오직 싸우겠다는 열망으로 불타오를 뿐이었다.

내가 전대협의 일원으로 함께한 시절은 고작 2년뿐이었다. 2년 뒤 전대협은 한총련(한국대학총학생회연합)으로 바뀌었다. 그렇지만 노래는 내 안에 오래도록 살아남았다. 30대가 되고 40대가 되면서는 부를 일이 없어졌고, 이 노래를 부르게 했던 이들 가운데 어떤 이들은 더 이상 자랑스럽지 않았지만, 노래에 새겨진 푸른 서슬은 빛을 잃지 않았다. 그 시절 이 노래를 부른 누구도 진심 아닌 사람이 없었기 때문이다. 쏟아지는 최루탄과 열사의 영정 앞에서는 누구도 거짓으로 다짐할 수 없었다.

하지만 나이 들어갈수록 재고 가리고 꺼리는 것들이 늘어났다. 변명 또한 많아졌다. 그때는 다른 이들과 함께 있어 다짐할 수 있었을 뿐, 내가 노래만큼 살지 못하는 비루한 사람이라는 사실을 인정하게 되는 데 긴 시간이 필요하지 않았다. 〈전대협 진군가〉는 그리움이 되었고 회한이 되었고 부끄러움이 되었다. 이 노래를 열창하던 순간만큼 순수하고 뜨거웠던 날이 더 이상 찾아오지 않았기 때문일까. 노래를 부르며 곱씹었던 다짐을 아주 잊지는 못했기 때문일까. 어쩌다 노래를 들을 때면 마음이 울컥거리곤 했다.

내게 청춘의 노래는 이 노래만이 아니었지만, 이 노래를 빼고는 청춘을 복기하지 못한다. 어떤 노래는 비석처럼 항상 같은 자리에 있다. 그곳에 자주 찾아가지 않더라도, 비석에 이끼가 자라고 아로새긴 글자들이 희미해지더라도 아무렇지 않다. 비석의 이야기는 심장에 새겨져 있다. 삶을 끌고 온 노래. 꺼진 마음에 불붙이는 노래. 번번이 노래의 마음으로 돌아가게 하는 노래.

추억하기보다 오늘을 응원하기,
꽃다지와 노래를 찾는 사람들

민중가요는 오랫동안 집단의 노래였다. 민중가요를 향유하는 이들이 운동권 집단이기도 했지만 민중가요를 부르는 음악인들 역시 개인이 아니었다. 노래패였다. 1980년대부터 1990년대 후반까지 민중가요는 대개 민중가요 노래패들이 주도했다. 꽃다지, 노동자노래단, 노래를 찾는 사람들, 노래마을, 민요연구회, 산하, 소리타래, 새벽, 예울림, 조국과청춘, 천리마, 친구, 희망새 같은 노래패들이 앞장섰다. 전업으로 활동하는 노래패만 있지 않았다. 대학과 노동조합에도 민중가요 노래패가 넘쳐났다. 한 대학에 민중가요 노래패가 대여섯 개는 있는 게 보통이었다. 큰 지역에는 그 지역의 민중가요 노래패가 따로 있었다. 그만큼 운동이 흥한 시대였다.

당시 개인으로 활동하는 민중가요 음악인보다 민중가요 노래패가 더 많았던 이유는 운동이 철저히 집단성을 강조했기 때문이다. 사적인 감성에 기반한 노래보다 집단의 이해와 목소리를 대변하는 노래를 요구하는 시대였던 탓이다. 음악적으로도 혼자 부르는 노래보다는 함께 부르는 노래가 훨씬 힘찼다. 한 팀에서 노래와 반주뿐만 아니라 기획과 교육, 제작까지 다 해내야 했기 때문에 선택한 방식이었음도 감안해야 한다. 그래서 많은 이들이 노래패를 만들어서 혁명을 꿈꾸는 노래를 부르고 나누었다.

민중가요 노래패들 가운데 가장 많은 사랑을 받았던 팀을 꼽자면 역시 꽃다지와 노래를 찾는 사람들이다. 〈민들레처럼〉, 〈바위처럼〉, 〈전화카드 한 장〉, 〈사람이 꽃보다 아름다워〉가 바로 꽃다지의 곡들이다. 그리고 〈솔아 푸르른 솔아〉, 〈광야에서〉, 〈사계〉, 〈그날이 오면〉이 노래를 찾는 사람들의 대표곡이다. 누가 더 낫다고 할 것 없이 민중가요를 함께 이끌어온 양대 기둥이다.

시작은 노래를 찾는 사람들이 빨랐다. 1970년대 말부터 1980년대 초반 서울대학교 노래패 메아리와 이화여자대학교 노래패 한소리 등에서 활동한 이들이 함께 결성한 노래모임 새벽 때문이었다. 전업 노래운동을 하는 집단이 없다는 데 착목한 이들은 한국전쟁 이후 최초의 진보적 음악모임이라고 할 수 있는 노래모임 새벽을 결성했다. 그리고 1984년 '한돌의 가지꽃' 공연을 한 뒤 김민기의 도움을 받아 노래를 찾는 사람들이라는 다른 이름으로 첫 합법음반을 냈다. 음반을 내기는 했지만 당시 노래를 찾는 사람들이라는 이름은 임시로 붙인 이름이었을 뿐이다. 노래를 찾는 사람들 1집에 담은 노래는 검열 때문에 1970년대 정서에 가까운 포크음악으로 채워졌다. 그나마도 부담을 느낀 음반사가 제대로 유통시키지 않아 음반은 창고에 머물러 있었다. 이들은 노래모임 새벽이라는 이름으로 불법 테이프를 만들고 공연하는 일에 더 열심일 수밖에 없었다.

노래를 찾는 사람들이 대중에 알려진 것은 1987년 6월 항쟁 이후였다. 민주화의 열풍을 타고 열린 공간에서 대중적인 활동을 담당한 노래를 찾는 사람들의 활동이 비로소 본격적으로 시작되었다. 그 후 노래를 찾는 사람들은 다섯 장의 음반을 더 냈고, 1998년까지 수백 번의 공연을 했다. 노래를 찾는 사람들의 2집은 50만 장에 가까운 판매고를 올리면서 민중가요의 대표 음반이 되었다. 하지만 전업 활동과 비전업 활동 사이에서 고민하던 노래를 찾는 사람들은 1990년대 말 활동을 중단했다. 이들이 다시 돌아온 것은 2000년대 중반이었다. 2004년, 활동을 재개한 이들은 다양한 집회와 공연 무대를 오가며 활동하고 있다.

반면, 꽃다지의 시작은 1990년대 초반이었다. 1980년대 후반에 만들어진 노동자노래단과 삶의 노래 예울림이 1992년 3월 1일에 통합하면서 꽃다지의 역사가 시작됐다. 지금까지 꽃다지가 내놓은 음반은 무려 19장. 대표가 구속되기도 했고 멤버들이 여러 차례 바뀌기도 했지만 꽃다지는 한 번도 활동을 멈추지 않았다. 꽃다지는 30년 동안 한결같이 집회 현장과 공연 현장을 오가며 노래하고 있다. 크고 작은 집회장을 가리지 않았고, 홍대 클럽에서 전문 공연장까지 종횡무진 누볐다.

　꽃다지가 주로 노래한 이야기는 노동문제와 통일문제였다. 이 문제가 한국사회의 가장 큰 모순이기 때문이다. 2000년대 이후 꽃다지는 반전, 비정규직 등 최근의 문제까지 계속 담아가며 민중가요의 현재적 역할을 다하려고 노력하는 중이다. 음악적으로 꽃다지는 록, 포크, 행진곡 등을 두루 포괄하며 다양한 모색과 실험을 꾸준히 시도했다. 꽃다지의 활동 초기와 중기, 현재까지 음악은 계속 변화했다. 2000년에 발표한 《진주》 음반에서는 얼터너티브 록 사운드까지 시도하며 과거의 스타일과 단절하는 과감함을 보여주기도 했다. 노래를 찾는 사람들이 포크에 기반한 서정적인 음악을 주로 선보였다면, 꽃다지는 그보다 다채롭고 직설적인 음악 스타일을 연결한 쪽이다. 노래를 찾는 사람들이 새로운 노래를 만들고 부르기보다 예전의 노래들을 반복해서 부르고 있다면, 꽃다지는 새로운 곡을 만드는 차이가 있기도 하다.

　역사와 음악 스타일뿐만 아니라 노무현 전 대통령의 추모 공연에 가거나 가지 않는 차이가 두 팀의 다른 지향을 보여준다고 할 수 있을 텐데, 노래를 찾는 사람들이 권진원, 문진오, 안치환 같은 솔로 음악인을 배출했다면 꽃다지는 박향미, 서기상, 윤미진 같은 솔로 음악인을 배출하며 민중가요를 더욱 풍부하게 만드는 역할까지 해냈다.

사실 하나의 음악 팀이 30년 이상 활동을 지속하는 건 쉬운 일이 아니다. 주류와 비주류를 아울러 30년 이상 음악 활동을 계속하는 팀이 드문 현실에서 사회 비판적인 메시지를 담아내는 팀이 활동을 계속하고 있다는 사실 자체만으로도 존중받아야 할 일이다. 사회적인 메시지와 대안적 가치를 노래하는 음악인들이 조금씩 늘어나고 있지만 한국사회에서는 여전히 소수다. 이러한 상황에서 노래를 찾는 사람들이 50대 이상의 감성을 포괄할 수 있는 민중가요를 만들어 부르고, 꽃다지가 20~30대의 감성까지 포괄할 수 있는 민중가요를 만들어 부를 수 있다면 한국의 진보적 음악 문화는 좀 더 풍성해지지 않을까. 꽃다지와 노래를 찾는 사람들이 오랜 경륜을 바탕으로 각자의 장점을 살리며 활동을 계속해나간다면 다양한 색깔을 가진 민중가요 문화가 만들어질 수 있을 것이다. 그러기 위해서는 옛 노래만 추억하는 것보다 두 팀의 오늘을 응원해주는 게 낫다. 운동도 노래도 추억이 되어서는 곤란하다.

가슴을 울리고 세상을 깨우는 노래,
김광석과 안치환

한 사람은 떠났고 한 사람은 남았다. 과거에서 멈춘 노래와 현재진행형인 노래를 비교하는 일은 봄의 아름다움과 가을의 아름다움을 비교하는 일처럼 부질없는 일일지 모르겠다. 살아 있었다면 김광석과 안치환은 형 동생 하며 소주잔을 부딪치는 사이였을 터. 사실 둘은 다른 점보다 공통점이 더 많은 음악인이다.

    둘은 모두 1980년대를 함께 보낸 젊음이었다. 1980년대는 광주의 피를 머금고 탄생한 전두환 군사독재의 서슬 퍼런 통치 아래에서 자유를 말하지 못하고, 민주를 외치지 못했던 시대였다. 김광석과 안치환은 최루탄 연기 자욱한 교정에서 세상을 향한 눈을 떴다. 진실을 찾아 싸우고 진리를 실현하기 위해 싸웠다. 노래가 세상을 외면하는 눈가리개가 되어서는 안 된다고 생각했다. 노래가 세상을 올곧게 담은 거울이기를, 울고 있는 이들을 어루만지는 포옹이기를 바랐던 이들은 결국 노래모임 새벽에서 만났다. 한국전쟁 이후 최초의 진보적 노래운동 집단인 새벽의 활동은 1987년 6월항쟁 이후 본격적인 노래를 찾는 사람들 활동으로 이어졌다. 김광석과 안치환은 잠시나마 노래를 찾는 사람들 활동을 함께하며 힘을 더했다.

둘의 가슴에 안겨 있던 것은 기타 한 대였다. 기타 한 대로 세상의 많은 노래를 다 부를 수 있다고 믿고, 실제로도 그렇게 많은 노래를 불렀던 시대에 김광석과 안치환도 대학 노래패에서 기타를 치고 노래를 부르기 시작했다. 한국 가요를 부르고, 민중가요를 부르고, 외국의 노래들을 부르며 이들의 목소리는 다듬어졌고 감성은 정교해졌다.

이들이 기타를 통해 배운 것은 수많은 멜로디만은 아니었다. 김광석과 안치환은 기타 한 대로 얼마나 많은 감정의 결을 표현해낼 수 있는지를 깨쳤다. 사람의 목소리가 가장 큰 울림을 지니고 있음을 확인하며, 소박한 울림의 감동을 차곡차곡 쌓아갔다. 록과 헤비메탈의 시대에도 순정한 소리를 고수했고, 힙합과 댄스음악의 시대에도 기타를 놓지 않았다. 그렇게 김광석과 안치환은 한국 포크의 간판스타가 되었다.

안치환은 3집을 발표하면서부터 통기타에 머무르지 않고 록을 선택하며 자신의 음악을 두 겹으로 쌓았지만 그의 음악은 언제나 통기타 한 대만으로도 부를 수 있는 여백을 품고 있었다. 안치환과 자유라는 밴드 편성으로 활동하면서도 통기타만으로 노래하는 공연을 꾸준히 계속하며 장르를 넘나드는 음악인의 자유로움을 발산했다.

같은 시대, 같은 공간에서 함께 음악을 했던 탓인지 김광석과 안치환의 노래에서는 사적인 폐쇄성과 육체적 즐거움 대신 사람과 세상을 향해 열린 마음과 진지한 태도를 확인할 수 있다. 586세대의 강박 같은 사회의식이라고 할 수도 있겠지만, 혼자만 잘 살기보다는 더불어 함께 잘 살기를 더 바랐던 이들의 노래에는 인간의 선함에 대한 믿음과 내일이 오늘보다 나을 것이라는 낙관이 떠나지 않았다.

그래서 김광석과 안치환의 노래를 좋아하고 부른다는 것은 그들의 음악을 좋아한다는 뜻만이 아니다. 그들의 노래를 부르는 일은 사람에 대한 믿음과 사랑으로 함께 행동하겠다는 약속을 나누는 행위다. 세상을 바꾸려 하는 이들은 김광석과 안치환을 한 몸처럼 좋아했고 대학사회에서는 1990년대까지도 이들의 노래를 불렀다. 이들의 노래를 부르는 이들의 움직임으로 대학사회가 유지되었다. 사회에서도 이들의 노래를 듣고 부르는 이들의 정치적 성향과 세계관은 크게 다르지 않았다.

둘은 각각 노래를 찾는 사람들에서 활동하다가 솔로로 독립하고, 동물원에서 활동하다가 솔로로 독립했다는 경로와 소극장 콘서트로 활동을 시작한 방식도 흡사하다. 음악적으로 따지자면 김광석과 안치환의 결은 조금 다르다. 통기타에 의지했던 김광석이 맑고 여리고 여백 많은 나무 같은 목소리로 삶의 편린을 감싸안았다면, 안치환은 격정적이고 뜨거운 호흡으로 세상을 끌어안으며 노래를 토해냈다. 목소리의 온도는 안치환이 훨씬 뜨거웠다. 김광석은 특유의 차분함과 편안함으로 빈방에 어울리고, 잔디밭에 어울리며, 소극장에 어울리는 노래를 불렀다. 안치환은 록커로 변신하면서부터 광장에 어울리는 결기와 열기를 발산했다. 노찾사 활동을 함께한 이후 김광석은 사회적 주제를 잘 노래하지 않았던 데 반해, 안치환은 항상 오늘의 현실에 답하는 노래를 내놓으며 민중가수의 정체성을 잃지 않았다. 김광석은 자신의 창작곡이 적었던 데 반해 안치환은 늘 자신의 곡으로만 앨범을 채웠다. 김광석이 한국 포크의 시원으로 거슬러올라갔다면 안치환은 포크와 록의 쌍두마차로 창작곡을 만들며 다채로운 음악적 색깔을 보여주었다.

만약 김광석이 1996년 세상을 등지지 않고 음악 활동을 계속했다면 우리는 1980년의 정신과 호흡을 담지한 음악을 더 많이 만날 수 있지 않았을까. 한국 포크도 좀 더 대중적인 명맥을 유지하지 않았을까. 그러나 그날 이후 더 이상 새로운 김광석의 노래는 나오지 못했다. 김광석의 노래는 영원한 청춘의 노래로 남았고, 안치환의 노래는 함께 살아가는 노래로 곁에 있다. 푸른 노래는 가슴에 울리고 격정의 노래는 세상을 깨운다.

아직도 노래가 필요한 세상

더 알려지면 좋을 노래가 충분히 알려지지 않는 경우는 흔하다. 워낙 많은 노래가 나오기 때문이라는 이야기를 꺼낼 필요가 없을 정도다. 요즘 노래만이 아니다. 옛 노래 중에도 다시 들을 만한 노래는 많다. 다행히 그중 몇몇 곡은 텔레비전 서바이벌 오디션 음악 프로그램을 통해 부활하기도 한다. 만약 기회가 주어진다면 되살리고 싶은 노래 중 하나는 민중가요 포크그룹 노래마을의 〈일이 필요해〉다.

이 노래는 오래도록 여성주의 예술가로 활동해온 싱어송라이터 안혜경이 곡을 쓰고, 한국여성민우회에서 활동한 작가 유소림이 가사를 붙였다. 노래를 찾는 사람들은 같은 곡에 다른 가사를 붙여 〈만화경〉이라는 제목으로 선보이기도 했다.

노래마을은 1980년대 후반부터 경기도 성남에 뿌리내리고 싱어송라이터 백창우를 중심으로 활동하면서 동요와 국악, 민중가요, 포크를 아우른 독특한 팀이다. 투쟁가를 부르지 않는 팀, 서정적인 노래를 곧잘 불렀던 팀으로 남달랐던 노래마을의 노래 중에는 〈나이 서른에 우린〉, 〈마지막 몸짓을 나누자〉, 〈백두산〉, 〈우리의 노래가 이 그늘진 땅에 햇볕 한 줌 될 수 있다면〉 같은 곡들이 널리 알려졌다. 노래마을의 멤버 중 손병휘, 우위영, 이지상, 이정열은 지금도 활동 중이다. 〈일이 필요해〉는 노래마을 3집에 실린 노래다. 발표한 지 30년이 지났지만 이 노래는 여전히 유효하다. 현실이 노래를 계속 살아 있게 만든다.

끝없는 집안일 반복 또 반복
그중에 한 가지 먹는 일만 해도
하루에 세 번 일주일에 스물한 번
한 달에 아흔 번 1년이면 천 번이 넘게
굴러떨어지는 바윗돌을 올리는
시지프스의 노동처럼
여자라서 아내라서 여자라서 어머니라서
사랑의 이름으로 모성애의 이름으로
일할 의무만이 남겨지고
일할 권리는 사라져갔네
나는 일이 필요해
당당하게 살아갈 일이 필요해
사람으로 났으니 사람답게 살 수 있는
일이 필요해 나는 일이 필요해

아직도 노래가 필요한 세상

한평생을 살아도 남는 것은 빈 껍질뿐

남편은 바빠지고 아이들이 커졌을 때

내 세상 전부는 부엌과 집

텅 빈 가슴만 남아 있다네

나는 일이 필요해

당당하게 살아갈 일이 필요해

사람으로 났으니 사람답게 살 수 있는

일이 필요해 나는 일이 필요해

일이 필요해 나는 일이 필요해

　　노래의 리듬은 경쾌한데 사연은 절절하다. 집안일, 그러니까 가사노동을 해본 사람이라면 누구든 공감하고 동의할 것이다. 집안일은 해도 해도 끝이 없다. 청소, 빨래, 음식 준비, 육아 같은 집안일은 아무리 해도 끝나지 않는다. 어제 했던 일을 오늘도 해야 하고 내일 다시 해야 한다. 반복의 연속이다. 가사노동, 재생산노동은 안 하면 티가 나지만 해놓아도 티가 안 나고 금세 또 새로 해야 하는 일이다. 이제는 돌봄노동이라고 부르는 이 일들을 누군가 해내야 입고 자고 먹고 쉴 수 있다.

　　그런데 돌봄노동은 대부분 여성에게 맡겨지고, 하찮은 허드렛일 취급을 당하기 일쑤다. 성 역할을 고정시킬 뿐 아니라 임금도 못 받고, 자아를 실현한다고 할 수 없는 일이다. 살림을 하고 육아를 하는 일이 중요하다고 한 사람의 가능성을 집안에만 묶어두어도 될까. 재생산노동, 돌봄노동을 여성에게만 전담시키는 문화를 억압과 폭력이 아니라고 말할 수 있을까.

가부장제사회인 한국사회는 오래도록 그 일을 여성의 본분처럼 왜곡해 떠맡겼다. 신사임당을 앞세운 현모양처 이데올로기로 여성을 얽어맸다. "여자라서 아내라서 여자라서 어머니라서 / 사랑의 이름으로 모성애의 이름으로" 저지르고 정당화한 일이다. 그렇다면 지금은 여성의 성 역할을 고정시키는 문화가 완전히 사라졌을까. 그렇지 않다. 지금도 여성이 남성보다 오래 가사노동을 수행할 뿐 아니라, 결혼과 출산 이후 많은 여성들의 경력이 단절되지 않나. 다시 일을 하려 해도 원래 하던 일로 복귀하지 못하고 저소득 단순노동을 각오해야 하지 않나. 그 일은 반찬값 버는 일 정도의 취급을 받지 않나.

정부에서 아무리 많은 예산을 쓰는 것처럼 보여도 출생률이 좀처럼 오르지 않는 이유는 여기 있다. 재생산노동과 육아 같은 돌봄노동을 여성이 전담해야 하고, 이를 위해 하던 일도 중단해야 하는 가부장제 문화와 시스템 속에서는 출산 가정에 아무리 예산을 직접 지원한들 여성들이 출산과 육아를 결심하기 어렵다. 여성의 경제 활동이 늘어날수록 출생률도 높다는데, 출산을 위해 여성들이 자신의 일을 포기해야 하는 사회라면 출산과 육아는 물론이고 결혼까지 거부하는 게 당연하다.

일은 단순히 돈을 벌기 위한 노동이 아니다. 자신의 가능성을 확인하고 꿈을 이루는 과정이다. 사회 속에서 자신의 역할을 찾고, 삶의 의미를 채우는 시간이다. "사람으로 났으니 사람답게 살 수 있는 / 일이 필요해"라고 외치는 이유다. 자신의 삶을 소중하게 생각하게 된 이들은 가족을 위해 일방적으로 희생하는 삶을 선택하지 않는다. 과거의 가부장제사회, 농경사회에서는 그렇게 사는 게 당연했을지 몰라도 이제는 삶의 기준과 방향이 달라졌다. 특히 여자라는 이유로 다른 삶을 강요받아서는 안 된다고 생각하는 이들의 숫자가 늘어난 만큼 우리 사회는 바뀌었다.

〈일이 필요해〉가 여전히 묵직하게 다가오는 이유다. 노래가 나온 지 30년이 지났지만 이제 그만 노래를 박물관에 전시해두어도 될 만큼 한국사회는 달라지지 못했다. 30년 전의 노래가 여전히 유효한 세상은 그 자체로 문제다. 성별이 확정해버리지 않는 삶, 멋지지 않아도 자신다운 삶을 꿈꾸는 목소리가 세상을 뒤덮어도 좋지 않을까. 신승은, 이랑, 제이클레프를 비롯한 여성 음악인들이 솔직한 노래를 들려주며 세상을 흔들고 있지만, 여성의 노동과 재생산노동, 출산/육아를 비롯한 돌봄노동에 대한 음악적 증언과 형상화가 충분하다고 말하기는 어렵다.

이런 이야기는 예술이 되지 못한다고 여기거나, 개인과 내면과 일상에 치중하는 오늘의 예술가들이 외면하거나, 굳이 이런 이야기를 음악으로 듣고 싶지 않다며 사람들이 귀를 막고 있는지 모른다.

　아니다. 노래가 되지 못할 삶은 없다. 예술이 되지 못할 이야기는 없다. 반드시 노래가 있어야 사람들의 생각이 달라지는 것은 아니지만, "여자라서 아내라서 여자라서 어머니라서" 자기답게 살 수 없는 세상을 바꾸기 위해서는 더 많은 증언과 질문과 도발이 필요하지 않을까. 그 노래는 여성뿐만 아니라 남성에게, 청소년에게, 어린이에게 가닿아야 하지 않을까. 삶이 노래가 되고, 노래가 삶을 지키는 세상이 모두가 자기답게 살 만한 세상이지 않을까.

좋은 음악은
서울에만 있지 않다

지금 한국 대중음악을 얼마나 폭넓게 듣고 있는지 확인하는 방법 중 하나는 수도권 밖에서 활동하는 음악인의 이름을 몇 명이나 호명할 수 있는지가 아닐까. 구체적으로 광주, 대구, 대전, 부산, 인천, 제주, 전주, 춘천 같은 광역도시에 뿌리내리고 활동하는 음악인을 몇 명이나 알고 있는지에 따라 현재 한국 대중음악을 얼마나 깊게 파악하고 있는지 가늠할 수 있겠다. 어떤 이들은 수도권 밖에서 활동하는 음악인이 있냐며 반문할지 모른다. 사실 인천의 옛 헤비메탈 밴드들을 이야기하거나 과매기 같은 관록의 부산 밴드를 이야기하기만 해도 음악을 꽤 듣는 편이라고 할 수 있을 테다.

하지만 그 후로도 많은 시간이 흘렀다. 이제는 전설이 되어버린 지역 음악인의 빈자리를 채우는 음악인은 의외로 많다. 전라도 광주에는 김원중, 박문옥, 박종화의 음악을 듣고 자란 우물안개구리, 양리머스, 이승준, 조재희를 비롯한 음악인들이 있다. 대구에는 극렬, 김빛옥민, 이글루, 드링킹소년소녀

합창단, 라이브오, 심상명, 아프리카, 오늘하루, 전복들, 탐쓴, 폴립, 혼즈만 적기엔 부족할 정도로 많은 음악인들이 활동한다. 그럼 대전에는 누가 있을까? 완태, 혹시몰라의 이름이 떠오른다. 부산에는 검은잎들, 김일두, 보수동쿨러, 세이수미, 소음발광, 우주왕복선싸이드미러, 제이통, 해서웨이와 그들의 동료 음악인들이 바글바글하다. 전주의 57, 고니아, 뮤즈그레인, 송장벌레, 이상한계절도 빠트릴 수 없다. 제주도에 살고 있는 음악인은 강허달림, 이상순, 이효리, 장필순, 조동익만이 아니다. 이소, 젠얼론, 조성일 같은 음악인들이 바닷바람을 맞으며 노래하고 연주한다. 수도권 밖 음악인들만으로 거뜬히 페스티벌을 꾸릴 수 있을 정도다.

인구 50만 명 내외의 광역도시에는 지역민들의 다양한 문화적 욕구를 발현하고 해소할 수 있는 공간이 생기기 마련이다. 도서관, 미술관, 서점, 영화관, 공연장뿐만 아니라 음악감상실과 라이브 클럽들이 지역 음악인들과 음악마니아의 보금자리가 되어준다. 이 공간들은 다른 지역 음악인을 위한 투어 공간이 되기도 한다. 2013년부터는 전국 주요 도시에 음악창작소가 생겨 손쉽게 녹음하고 연습하고 공연할 수 있도록 도울 뿐 아니라, 다양한 지원사업을 펼치며 지역 신을 일구는 중이다. 광주, 대구, 부산, 울산, 전주 등지에서 열리는 음악 페스티벌과 청춘 마이크 사업, 지역의 크고 작은 축제도 도움이 된다. 대구의 음악비평 웹진 〈오터스맵〉(https://ottersmap.tistory.

com)을 비롯한 기록/아카이브 작업 또한 특기할 만하다.

지역의 음악인들은 동네 곳곳을 누비며 연주하고 노래한다. 어떤 음악인들은 수도권과 자기 동네를 오갈 뿐 아니라 다른 나라로 투어를 떠나기도 한다. 고니아, 드링킹소년소녀합창단, 세이수미의 해외 투어는 지역 음악인들의 꿈에 불을 지른다. 음악만 해서는 먹고살기 힘든 세상이니 도전하지 않을 이유가 없다. 케이팝이나 트로트처럼 익숙한 음악에 길들여진 이들에게만 기대서는 음악을 계속하기 어렵다. 그래서 다양한 음악을 찾아 듣는 이들이 좀 더 많은 수도권의 문을 두드리거나 해외 시장에서 가능성을 모색한다.

대중음악 창작력이 상향평준화된 시기답게 수도권 바깥 음악인이라고 음악의 완성도가 떨어지지 않는다. 지역 차이가 명확하게 드러나지도 않는 편이다. 대부분의 음악은 2024년 음악다운 현재의 감각으로 버무려져 있다. 그럼에도 어떤 음악인들은 몇몇 곡에서 오래 살았거나 살고 있는 지역에 대한 애정과 추억을 숨기지 않는다. 혹시몰라의 〈신탄진〉, 탐쓴의 〈역전포차〉, 세이수미의 〈Old Town〉이 바로 그런 곡들이다. 고등학교를 졸업하고 수도권으로 가야만 성공한 것처럼 여겨지고, 고향에 그대로 남아 있으면 실패한 것처럼 여겨지는 세상에서 이들은 자신들이 살고 있는 동네가 세련되고 멋져서 좋아하는 게 아니라고 고백하듯 노래한다. 동네에 계속 남아 있는 일은 애정과 안타까움, 절망과 분노 사이에 걸쳐 있기 마련이다. 그래서 혹시몰라의 〈신탄진〉에는 우수가 가득하다. 탐쓴이 MC메타와 해리빅버튼의 이성수를 불러 함께 완성한 〈역전포차〉에는 대구 사투리 랩이 난무하는데, "불타는 도시를 달리는 꿈의 전차 / 부릅뜬 두 눈 속에 가득 담긴 절망 / 불나방이 되어도 이 목숨을 건다 / burn baby burn 내 욕망의 점화"라는 가사에서 복잡한 심경이 드러난다. 세이수미가 〈Old Town〉에서 여기를 떠나고 싶었다가 여기 있고 싶다고 노래하는 마음도 대동소이할 것이다.

인구감소와 지역소멸을 피할 수 없어 보이는 오늘, 수도권 바깥 지역 음악인들은 누구보다 고민스러울 것이다. 그렇다고 그들이 날마다 엄청난 고뇌와 결심으로 음악을 하고 있다 말하면 그것도 지나친 과장일 테다. 이 글을 쓰는 이유 역시 수도권 밖에 좋은 음악을 내놓는 음악인들이 많다고, 그들의 음악에 귀를 기울이자고 설득하기 위해서만은 아니다.

이제는 질문의 방향과 내용을 바꾸어야 할 때다. 수도권 이외 지역을 특정 특산물의 생산지와 관광지, 혹은 노년의 안식처 정도로만 소비하는 수도권 거주민들에게 다른 태도를 요청하며 공생과 평등에 대한 질문을 던져야 하는 건 아닐까. 우리가 음악을 들을 때도 흡사한 태도를 가지고 있는 것은 아닌지 생각해보자고 하면 어떨까. 아울러 수도권 바깥 지역에서도 분명 좋은 음악이 출몰하는데 왜 일부의 찬사밖에 얻지 못하는지 음악인들 스스로도 냉정하게 질문해봐야 하지 않을까.

괜한 피해의식에 휩싸이거나, 우물 안 개구리처럼 지금 자신에게 무엇이 부족한지 알려 하지 않으면 해답을 찾기 어렵다. 좋은 음악은 그 자체로 힘이 있지만, 음악만으로는 비뚤어진 세상을 이기지 못할 때가 더 많다. 힘을 모아보자고, 끈질긴 자기 성찰과 치밀한 도전이 답이라는 말이 너무 뻔하고 비장하게 들리지 않기를 바란다.

노래로 조율할 때

이 글이 노래로 생태와 평화를 말한 작품을 나열하는 글이 되지 않기를 바라면서 쓴다. 어떤 글은 세상에 그런 노래가 넘치고, 사람들 모두 그 노래들을 아끼고 사랑하는 것처럼 쓰지만, 사실 생태와 평화를 말하는 노래는 드물다. 대부분의 노래는 사랑과 이별을 이야기한다. 아니면 내면의 고통과 일상의 즐거움을 표현한다. 자본주의사회의 상품으로 살아남아야 하는 노래가 선택하기 마련인 생존 방식이다. 사람들은 예술을 사유와 성찰의 수단만으로 활용하지 않는다. 세상에는 예술이 심심함을 달래주는 유희이거나, 즐거움을 부풀리는 특수효과이기를 바라고, 노래는 일상의 BGM이면 족하다고 생각하는 이들이 훨씬 많다. 수없이 들어왔던 이야기를 반복해도 괜찮고, 노래가 세상을 바꾸지 않아도 된다고 생각하며, 노래는 세상을 바꿀 수 없다고 믿는 이들이 다수다. 그렇지 않고선 온라인 음악 스트리밍서비스 차트의 인기 순위가 지금 같을 리 만무하다.

물론 우리는 더 나은 세상을 꿈꾸는 노래를 최소한 한두 곡쯤 알고 있다. 하지만 한국사회에서 그 노래들은 생태와 평화를 노래하지 않았다. 그 노래는 대부분 민주주의와 인권, 평등과 통일이라는 주제를 품곤 했다. 평화는 민주주의, 평등, 통일을 쟁취하면 자연스럽게 찾아오는 결과라 여겼고, 생태라는 주제는 한국의 시민사회운동에서 나중에야 주요한 의제가 되었기 때문이다. 그러다보니 평화와 생태가 노래가 되는 데 시간이 오래 걸렸다.

게다가 한국사회에서 생태와 평화는 무색무취한 주제처럼 여겨지곤 한다. 보수와 진보, 민과 관, 자본 가운데 누구도 반대하거나 부정하지 않는 특이한 가치다. 실제로 최근 '평화 콘서트'라는 이름으로 열린 공연에는 다양한 장르와 메시지를 가진 음악인이 두루 등장했다. 그만큼 다들 관심이 많은 주제라기보다는 평화의 가치를 담은 노래를 부르지 않아도 되기 때문이다. 출연진은 대개 여느 행사처럼 늘 부르던 자신의 히트곡을 부르고 사라진다. 우리 사회에서 생태와 평화는 좋은 게 좋은 거라는 식의 두루뭉술한 이야기로 표현하는 경우가 대부분이라는 증거다. 생태와 평화는 그만큼 텅 빈 기표처럼 받아들여진다. 물론 이렇게라도 언급하는 게 안 하느니보다 나을 테지만, 현실의 삶과 연결하지 않고, 급진적인 사유를 통해 자극받고 흔들리며 계속 재구성되지 않는 개념은 금세 낡아버리거나 의미를 잃는다. 오히려 지배 권력의 반동성을 감추고 그들에게 진정성과 진보성을 덧칠해주는 역할로 이용된다. 근사한 상품을 위한 포장으로 활용하는 경우도 흔하다.

그러니 노래로 생태와 평화를 말할 때는 언제 어디서나 누구든 활용할 수 있는 노래, 대중적이더라도 새롭게 전복되지 않는 노래를 제외하는 게 낫다. 물론 모두가 공감할 수 있는 작품, 더 많은 사람을 포괄하고 설득할 수 있는 노래가 필요한 순간도 분명히 있다. 안치환의 〈사람이 꽃보다 아름다워〉, 시인과 촌장의 〈풍경〉과 〈좋은 나라〉, 박학기의 〈아름다운 세상〉, 신형원의 〈터〉 같은 노래를 다 함께 손잡고 합창하면서 하나 되는 순간을 연출할 필요가 있기도 하다.

하지만 지금이 그렇게 여유 있는 상황일까. 세계 곳곳에서 전쟁의 총성이 이어지고 있을 뿐 아니라, 기후위기는 인류의 공멸을 향해 가속페달을 밟고 있지 않나. 반드시 달성해야 할 탄소중립에 실패해 지구 기온의 마지노선인 1.5도 상승의 임계점을 막지 못하리라는 불안이 커지고 있지 않나.

이런 상황에서 필요한 노래는 어떤 노래일까. 지금 만들고 찾고 듣고 되새겨야 할 노래는 생태와 평화에 대한 인식을 뒤흔드는 노래, 개인의 삶과 행동을 돌아보게 만드는 노래, 계속 새로운 의미가 더해지는 노래여야 하지 않을까. 물론 노래를 듣는다고 즉시 사람의 행동이 바뀌고 세상이 변화하지는 않는다. 예술가가 당위적으로 작품을 만들 수 있는 존재는 아니기도 하다.

그래서 그런 노래들이 당장 쏟아져야 한다고 말하고 싶지 않다. 그렇지만 세계의 위기 앞에서 신음하는 목소리, 마음 다해 말을 거는 목소리가 필요하다는 사실만은 분명하다. 예술가가 소중하고 위대한 이유는 다른 이들에게 말을 거는 역할과 재능을 가지고 있기 때문이다. 예술가는 다른 이들이 외면한 이야기, 미처 생각하지 못한 이야기를 찾아내 말을 거는 사람이다. 알고 있느냐고, 생각해봤느냐고, 어떻게 하면 좋겠냐고 이야기를 시작하는 사람이다. 말을 거는 목소리가 늘어나면 답하는 이들의 고민도 깊어지지 않을까. 노래만 그 역할을 할 수 있는 건 아니겠지만, 질문하고 답하며 이야기를 만드는 흐름을 형성하는 데 일조할 수 있지 않을까. 누군가 삶의 태도를 바꾸고, 국가정책의 방향을 변화시키는 흐름을 만드는 데 일조할 수 있지 않을까. 노래가 할 수 있는 일과 해야 할 역할 사이에서 고심하는 예술가의 목소리를 찾아보는 이유다. 예술가가 고민하고 작품을 만들기 시작할 때부터가 변화의 시작이다.

쌀로 밥 짓는 이야기 하는 노래 말고, 생태적 감각과 태도를 노래하는 곡은 멀지 않은 곳에 있다. 싱어송라이터 솔가의 노래 〈같이 살자〉이다. 음악인으로서만이 아니라 다양한 장르를 넘나드는 예술가로 살아가는 솔가는 2000년대 이후 한국 대중음악계의 변화를 보여주는 음악인 중 하나다. 1990년대까지만 해도 한국 대중음악계에서 사회적 이슈를 노래하는 음악인은 대개 민중가요 진영에 국한되어 있었다. 강산에, 서태지와 아이들, 신해철을 비롯한 스타 음악인들이 비판적인 목소리를 내기도 했지만 어디까지나 극소수였다.

2000년대에 들어서자 한국 대중음악계에는 사회적 의제를 노래하거나, 사회적 의제를 노래하지는 않더라도 집회와 문화제 등에 참여하는 이들이 부쩍 늘었다. 민주주의와 인권에 대한 의식이 확산되었고, 음악인 역시 사회적 약자라는 자의식이 형성되었기 때문이다. 집회 문화가 문화제 형식으로 바뀌면서 촛불을 든 시민들이 대거 참여하는 변화가 주효했다. 그때 예술가들도 광장에 함께 밀려들었다. 집회에 선뜻 함께하지 못했던 예술가들의 문턱은 사라졌다. 그뿐만 아니라 진보적인 예술가들이 표현하는 주제는 노동, 민주주의, 통일에서 생태, 인권, 페미니즘 등으로 넓어졌다. 이 의제에 관심을 가진 이들이 늘어난 덕분이다. 예술은 세상의 변화를 선도하기도 하지만, 세상의 변화를 따라가기도 한다. 예술과 세상은 서로를 밀고 끌면서 함께 걷는다.

시민들과 함께 만든 포크 싱어송라이터 솔가의 대표곡 〈같이 살자〉에는 생태주의 철학이 유쾌하게 판을 벌인다. "개미 지렁이 고라니 호랑이", "두물머리 지렁이 강정의 고래들 밀양의 할매들 영덕의 대게"를 불러 모은 솔가는 "걱정 없이 같이 살자" 한다. "같이 산다는 건 날 덜어내고 너를 채우는 일"이라 한다. 인간이 자연을 보호해야 한다고 말하지 않는 노래다. 자본과 권력의 폭력으로 쫓겨난 생명을 외면하지 않는 노래다. 무엇보다 같이 사는 일의 즐거움을 리드미컬하게 전달한다. 주제의식과 발랄한 에너지를 잘 버무린 노래다.

유쾌한 전복의 에너지를 발산하는 음악인이라면 싱어송라이터 사이를 빠트릴 수 없다. 그가 2000년대 중반 발표한 〈아방가르드개론 제1장〉에서 "잘 먹고 잘 놀고 잘 쉬고 전기세 1600원 / 텔레비전 핸드폰 세탁기 냉장고 없어도 좋아"라고 내지를 때, 문명과 도시의 삶은 순식간에 무너져내렸다. "농사로 돈을 벌려고 하면 머리가 아파 / 그냥 줄이고, 덜 쓰고, 가난해도 괜찮은걸"이라는 노랫말로 생태적 지향을 간명하게 압축할 때, 다른 삶의 가능성은 성큼 다가왔다. 솔가의 노래보다 먼저 발표한 이 노래는 익살스러운 창법으로 듣는 사람을 무장 해제시킨다. 선언하지 않고 설득하지 않는 노래다. 그냥 자신의 고백으로 밀고 들어오는 노래다. 사이가 2015년에 발표한 〈총파업지지가〉에서 "각자의 자리에서 파업을 하자 / 노래하고 춤을 추고 사랑을 나누자"라고 선동할 때도 해방의 자유분방한 즐거움이 넘쳐난다. 이 즐거움이 혁명의 멜로디이고 평화의 리듬 아닐까. 어떤 노래는 만들고 싶은 세상에 먼저 가서 손짓한다. 예술이 위대한 이유다.

대구 출신의 싱어송라이터로 오래 활동해왔지만, 아는 사람보다 모르는 사람이 더 많았던 싱어송라이터 박창근의 노래에 대해 말할 순서다. 이제는 팬클럽이 시내버스에 응원 광고를 붙일 정도로 유명해진 그는 2006년에 발표한 정규 음반 《살아가는 모든 이들에게 기회를…》에서 채식과 동물해방을 통한 공존을 노래했다. 그가 오래도록 몸담아온 민중가요 진영에서도 좀처럼 이야기하지 않은 주제였다.

하모니카 연주가 경쾌한 타이틀곡 〈이런 생각 한번 어때요?〉는 "오늘도 그대는 남의 살을 몇 점이나 삼키셨나요? / 또 그대는 남의 젖을 몇 통이나 마셨나요?"라는 질문으로 육식에 길들여진 우리의 일상을 직시하게 만든다. "깊은 밤 도살장에서 들려오는 가여운 비명 소리에 귀 기울여보게"라고 노래하는 〈귀 기울여보게〉는 우리의 방관과 외면을 깊숙이 찌르고 들어온다. "버림받아 내팽겨진 꽃들 깊은 상처로 신음하는 꽃들"에게 "너와 같은 기휠 주라 주라 주라 주라"라고 외칠 때, 박창근은 한국 민중가요가 착목해온 인식과 비판의 세계를 확장하는 주역이 되었다. 박창근의 래디컬한 문제의식은 모든 존재의 의미를 찾는 과정에서 스스로 도달한 결론이라는 데 더 큰 가치가 있다.

하지만 이 노래들이 발표 당시부터 지금까지 별다른 호응을 얻지 못했다는 사실 역시 기록해야 한다. 박창근이 민중가요 진영의 대표적인 음악인이 아니었고, 생태주의적 세계관이 우리 사회에서 주요한 담론이 되지 못해서일까. 빼어난 작품이 있다고 평론가가 언급하는 것만으로는 노래가 멀리멀리 날아가지 못한다. 그렇게 해서 유명해진 노래는 없다. 지금 박창근에게 열광하는 이들조차 큰 의미를 부여하지 않고 있을 가능성이 높은 옛 노래의 미미한 반향은 노래가 할 수 있는 일과 할 수 없는 일을 냉정하게 보여준다. 세상을 노래의 힘만으로 바꾸는 건 불가능하다.

다행히 우리 사회에 뿌리내린 생태주의 철학은 동물권을 비롯한 더 많은 의제들로 이어졌다. 새로운 단체가 등장하고, 시민사회 모임에서도 비건식을 준비하는 일이 기본이 될 정도로 문제의식이 확산되었다. 이처럼 철학이 말하고 운동이 움직이면 예술 또한 화답한다. 다큐멘터리 감독이자 동물해방 운동가이며 퍼커션 연주자인 이하루가 주도한 두 장의 컴필레이션 음반이 반가운 이유이다. 이하루를 포함한 일군의 예술 가들은 2021년 첫 번째 컴필레이션 음반《Planet A: Original Soundtrack》과 2022년 동물해방을 위한 두 번째 컴필레이션 음반《공명》을 발표하면서 한국 대중음악계에 비어 있는 목소리를 채워넣었다. 개인의 실천과 운동을 창작으로 담아낸 결과물이다.

이하루는 음반 소개글에서 첫 번째 음반을 "기후 위기, 종차별speciesism로 인한 비인간동물 대학살, 여성동물의 재생산권 착취, 자본주의와 과소비, 수도권중심주의 등의 문제에 공감하고 연대하는 음악인들을 모아, 그런 문제의식을 고스란히 담아낸 컴필레이션 앨범"이라고 밝혔다. 한국 대중음악사에 전무한 음반이다. 반전, 평화, 여성주의, 생태주의의 메시지를 담은 곡을 발표한 경우는 이따금 찾아볼 수 있지만, 이처럼 처음부터 끝까지 생태와 반자본주의의 목소리로 채운 음반은 없었다. 이 두 장의 음반에는 국내 곳곳의 다양한 장르 음악인들이 참여했다. 문제의식에 공감한 음악인이 많다는 의미이고, 그들의 사유 또한 짧지 않았다는 증거이다. 실제로 첫 음반에 참여한 빌리카터, 팻햄스터, 허클베리 핀, 두 번째 음반에 참여한 예람, 이형주 같은 음악인들은 음반 밖의 연대에도 곧잘 함께했다.

첫 음반의 타이틀곡 〈동물실격〉에 담은 음악인 이하루의 증언을 들어보자. "네 살은 나의 밥, 피부는 나의 옷, 너의 깃털은 내 이불, 반응은 실험용"이라는 고발이 전부가 아니다. "나는 닭이오 / 사실 날 수 있는 새요 / 물을 한 모금 마시면 하늘을 올려보는 / 삶이고, 슬픔과 한을 느끼고 / 아픔을 원하지 않고 / 당신처럼 그저 살고 싶은"이라고 고즈넉하게 노래하는 미루의 〈구멍〉은 동물의 처지에 공감할 뿐 아니라 그들의 삶에 이입하는 마음이기에 부를 수 있는 노래다. 노래가 흐르는 짧은 시간 동안 우리는 인간이 저지른 참상을 마주하고, 다른 삶의 감수성으로 살아가는 감응의 상상력을 마주한다.

이처럼 좋은 예술작품은 정치적으로 올바른 이야기를 듣는 인문학적 경험보다 충만한 만남으로 우리를 초대한다. 더 많은 존재의 다름을 마주하는 시간이고, 다른 존재와 함께 살아가기 위한 마음을 마련하는 시간이다. 옳다 믿고 좋아해서 충분하다고 여겨온 세계가 좁고 이기적인 세계일 수 있으며, 이제는 다른 삶으로 발걸음을 옮기는 배려와 용기가 필요하다고 말하는 이야기를 만날 때, 우리는 비로소 자신과 우리의 모습을 마주한다. 어쩌면 우연이기도 하고, 의도적인 노력일 수도 있는 만남의 경험이 쌓일 때 온 생명과 함께 살아가는 사람이 태어난다.

그래서 궁금해진다. 전쟁을 벌이고, 사람을 죽이고, 지구를 파괴해 돈을 벌어들이지만, 이렇게 의미 있는 음악을 만들어내기도 하는 인간은 스스로를 구원할 수 있을까. 결코 낙관할 수 없는 오늘, 인간은 권력과 자본의 욕망을 제어해 변화를 만들어낼 수 있을까. 그 가능성을 실현하는 데 예술과 노래는 얼마나 실질적인 역할을 할 수 있을까. 여전히 영향력이 미미해 보이는 낱개의 작품이 다수의 심장으로 다가가고, 살던 대로 사는 것처럼 보이는 삶이 공생의 의지로 신나게 끓어오르는 데는 얼마만큼의 시간이 필요할까. 환경파괴를 걱정해 좋아하는 음악가의 플라스틱 시디를 다른 방식으로 만들어달라고 요청하는 케이팝 팬들의 움직임처럼 누군가는 움직이고 있다. 물론 이것만으로는 부족하지만 음악에 대한 사랑이 환경에 대한 실천으로 이어지듯 스스로 움직이며 답을 찾는 이들이 희망을 만들어내지 않을까. 역시 세상은 잠자는 하늘님보다 사람이 조율해야 한다.

3부

생활하면서
다시 쓰기

세상, 삶에
관하여

꽤 근사한 삶을
살게 된 비결

오래 하고 있는 몇 가지 일이 있다. 직업으로 삼은 대중음악평론만이 아니다. 아침마다 운동을 한 지 8년쯤 되었고, 참여 중인 공부모임 세 개 중 두 개는 10년이 넘었다.

처음 시작할 때는 다 계속할 수 있으면 좋겠다고 생각했지만 이렇게 오래 할 줄은 몰랐다. 죽는 날까지 대중음악평론가로 일할 수 있기를 바랐고, 운동해서 건강하게 늙어가기를 기대했으며, 함께 공부를 시작한 사람들과 오래오래 공부하기를 꿈꾸었다. 그래서 쉬지 않았다. 듣고 읽고 보았다. 운동은 반드시 일주일에 5일 이상을 했다. 10년이 넘는 시간 동안 세 개 이상의 공부모임을 동시에 진행하며 내가 빠진 날은 다섯 번 정도뿐이다.

이왕 하려면 잘해야 한다고 생각했다. 잘하려면 계속해야 한다고 믿었다. 아니다. 잘하고 싶은데 어떻게 해야 할지 몰라 계속했다. 이렇게 하면 되는지 몰라 두렵고 걱정스러운 마음이 계속하게 했다. 계속하는 것밖에 방법을 모르는 무지와 인정욕구는 나를 몰아붙이며 쉬지 않게 했고 쉴 수 없게 했다. 해 놓은 게 없고 부족해도 애쓰고 있다는 사실만이 그나마 위로가 되었다.

지금 생각해보면 이렇게만 하지 말고 저렇게도 해보았으면 좋았겠다 싶지만, 그렇게 말할 수 있기까지는 어느 정도의 경험이 필요하다. 경험이 부족한데 여유까지 없는 나는 계속 부딪치는 수밖에 없었다. 분명 다른 사람들이 이런저런 조언을 해주었을 텐데 그 많은 말들이 곧장 나의 방식이나 기술이 되기는 어려웠다. 게다가 자존감이 낮은 마음은 끊임없이 다른 사람과 나를 비교하게 만들었다. 다른 사람들은 다들 멋지고 잘하는 것 같은데 나만 형편없어 보였다. 두려움과 걱정과 질투심이 간절함과 버무려졌다. 그것이 나의 에너지가 되었다.

그 에너지를 소셜미디어에 흘리며 꾸역꾸역 투덜투덜 걸어갔다. 내 페이스북을 오래 지켜본 사람들은 알 거다. 내가 얼마나 스스로에게 만족하지 못하는지. 내가 얼마나 꿈이 높은지. 그런데 세상 사람들이 다 나 같지는 않았다. 누군가는 느긋했고, 누군가는 말을 삼키며 걸어갔다. 각자의 성격과 스타일대로 다른 에너지를 사용하면서 다른 방식으로 살아갔다.

가령, 12년째 함께 살아가는 나의 짝은 나처럼 소셜미디어에 속이야기를 주저리주저리 털어놓지 않았다. 나처럼 안 쉬지 않았다. 일어나 잠들 때까지 일과 관련된 뭔가를 보고 듣고 읽는 나와 달리 그녀는 퇴근해 돌아오면 일과 단절하는 편이다. 잠들기 전까지 누워서 게임을 하고 유튜브를 뒤지고 텔레비전을 본다. 결혼을 하고 일을 하고 많은 사람들을 만나면서 제각각 다른 삶의 방식이 있다는 것을 알게 되었다. 내가 어떻게 살고 싸우는지 깨닫게 되었다.

나는 이상을 추구하는 스타일이고, 목표치가 높은 사람이었다. 세상 누구도 부정할 수 없는 결과물을 내놓기를 바랐고, 그 결과물로 인정받을 뿐 아니라 세상을 변화시키기를 원했다. 게다가 모두에게 사랑받는 사람이기를 욕망하기까지 했다. 이렇게 기준이 높으니 어지간해서는 만족하지 못한다. 조금만 고개를 돌리면 더 나은 결과물을 내놓은 사람이 보이고, 더 존경받는 사람이 보이는 탓이다. 그 사람들에 비하면 나는 항상 작게만 보인다. 당연히 스스로에게 만족한다거나 자신이 자랑스러울 리 없다. 여전히 내 소셜미디어의 소개글은 "오늘도 부끄러운 삶"이다. 나의 진심이다.

이렇게 살아가는 게 너무 고단했던 탓일까. 2022년을 시작한 지 며칠 되지 않았을 때, 공황 증상이 세게 엄습했다. 지인들과 술을 마시고 있는데 호흡이 잘 되지 않았다. 태어나 50년 정도 숨을 쉬면서 살아왔는데, 숨을 잘 쉬려고 노력하지 않고 그냥 숨 쉬며 살아왔는데, 호흡이 마음대로 되지 않았다. 앰뷸런스를 불렀고 병원으로 실려 갔다. 그러나 그 순간 나의 심장박동은 정상이었다. 다만 내가 그렇게 느낄 뿐이었다. 심장이 너무 빨리 뛰고 숨이 안 쉬어지는 것 같았는데, 그래서 곧

죽을 것 같았는데, 심전도는 지극히 정상이라고 119 구급대원이 나를 달랬다.

그 후 한동안 예전처럼 살 수 없었다. 책을 읽거나 일을 하려 하면 머리가 깨질 듯 아팠다. 고통을 참아가며 잠시 급한 불만 끄면서 지냈다. 그때 비로소 깨달았다. 그동안 얼마나 자신을 괴롭혔는지, 얼마나 많은 사람들이 자신을 혹사하며 살아가고 있는지. 열심히만 한다고 되는 일이 아니었다. 삶에는 더 많은 기술이 필요했다. 자신을 사랑하는 기술, 자신을 달래는 기술, 즐겁게 일하는 기술, 다른 이들과 함께 살아가는 기술, 다른 이들을 존중하는 기술을 배워야 했다. 악기를 연주하는 기술처럼 방법만 안다고 되는 일이 아니었다. 그렇게 하려는 마음이 있어야 했다. 삶의 태도를 바꾸고 예전과 다른 자신이 되려는 마음이 필요했다. 진심으로 자신을 사랑하는 마음, 자신을 달래는 마음, 다른 이들을 존중하는 마음이 있어야 가능한 변화였다. 때때로 가보지 않았던 길로 성큼 건너가보고, 쓰지 않았던 에너지를 써보는 마음. 삶의 태도를 바꿔보는 마음. 호기심과 용기, 관용과 배려가 필요했다.

삶에는 한 가지 방식만 있는 것도 아니었다. 사람들은 저마다 다 다른 방식으로 살아가고 있었다. 날마다 자신만의 전투를 벌이고 있었다. 그 전투에서 누군가의 장점은 단점이 되고, 누군가의 단점은 장점이 되었다. 내가 그렇게 간절하지 않았다면 많이 쉬었을 테고, 공황도 찾아오지 않았을지 모른다.

하지만 지금처럼 이런저런 경험을 많이 쌓고 다양한 결과물을 만들어내지는 못했을 것이다. 어쩌면 나는 변변치 않은 결과물과 스트레스를 맞교환하면서 살았던 것은 아닐까. 분명 다른 이들이 교환하는 품목은 제각각 달랐을 텐데, 나는 이렇게만 살아야 한다고 윽박지르며 살아온 거다.

어떤 삶이 가장 나은 방식이라고 말하기는 어렵다. 각자 성격이 다르고 욕망이 다르고 스타일이 다르기 때문이다. 그러니 비교는 별 의미가 없다. 남과 비교하는 일이 얼마나 어리석은지 말하라면 나는 하루 종일 떠들 수 있다. 그래도 여전히 좋아 보이는 방식이 있긴 하다. 느긋한 성격, 비교하지 않는 성격, 다른 이들에게 너그러운 성격이라면 더 편하지 않을까.

하지만 내 방식 가운데 어떤 부분은 바꿀 수 없다는 사실도 인정하게 되었다. 그게 나라는 사실을 받아들였다. 가령 좀처럼 쉬지 않는 성격, 계속 뭔가를 찾아보고 읽고 듣는 성격은 공황발작 이후에도 크게 달라지지 않았다. 다만 그런 자신을 조금은 너그럽게 바라보게 되었다. 이런 나라서 안쓰럽기도 하고 안타깝기도 하다. 스스로를 피곤하게 만들며 살아왔지만, 그걸 비난하는 대신 그게 나고 그래도 괜찮다고 존중하기로 했다. 이렇게 50년을 살아왔으니 이제는 변화구를 던지듯 다른 방식을 섞어가며 살아도 좋지 않겠냐고 스스로를 설득도 했다. 모로 가도 서울로만 가면 되고, 반드시 루틴을 지키지 않아도 된다고, 며칠 운동을 건너뛴다고 하늘이 무너지지 않으며, 일하는 만큼 쉬는 일도 중요하다고 스스로에게 속삭여보게 되었다. 목표를 정하고 달성하면서 얻는 성취감만이 아니라 그 일을 하면서 느끼는 이런저런 즐거움도 중요하다는 것을, 일 이외의 즐거움이야말로 삶의 축복일 수도 있다는 사실을 받아들이게 되었다.

문제를 해결하고 멋진 결과물을 완성하기 위해 애쓰는 시간만 삶의 본질이 아니었다. 삶의 본질은 각자 정하기 나름이었다. 목표를 향해 가는 방식은 얼마든지 많았다. 쉬엄쉬엄 갈 수도 있고, 가다가 방향을 틀어도 되는 일이었다. 싸움의 기술은 다양한 게 나왔다. 당장 사용하지 않는 기술이라도 알고 있는 게 도움이 되었다. 익숙한 기술만 절대화하지 않고, 다른 방식을 상상해보는 여유만으로도 조금이나마 편안해질 수 있었다. 다른 이들의 기술을 기웃거려보고 그들의 이야기를 듣는 경험은 다른 세계를 만나는 자극과 충격을 안겨주었다. 세상에는 멋진 사람, 고민하는 사람이 많았다. 그들에게 배울 기술이 수두룩했다.

뒤늦게 배운 싸움의 기술 중에는 삼십육계 줄행랑도 있었다. 당장 해결할 수 없는 일, 말해봤자 통하지 않을 사람에게는 도망치는 것도 방법이었다. 그동안은 어떤 문제든 반드시 해결하려 하고, 가능한 빨리 해결하려고 안달복달하는 편이었는데, 그래서 번번이 혼자 불타오르면서 자신을 갉아넣을 때가 많았는데, 심지어는 내 답답함을 못 견뎌 묻지도 않은 이야기를 먼저 꺼내고 싸움을 걸기도 했는데, 그러지 않는 게 나을 때도 있다고 인정하게 되었다. 세상이 내 뜻대로만 움직이지 않아서, 다른 사람의 마음이 나와 달라서만은 아니었다. 세상에는 당장 싸울 필요가 없는 싸움도 있었다.

무엇보다 나를 지키고 보호하는 일이 가장 중요한 순간이 있다는 사실을 알게 되었다. 나는 철갑을 두른 병사가 아니었다. 아무리 찔려도 죽지 않는 불사신은 더더욱 아니었다. 밖에서 찔리면 찔린 자신을 자책하며 스스로를 더 깊이 찌르는 상습 자해 중독자에 가까웠다. 그런 방식으로 평생을 싸우는 건 불가능했다. 때로는 무기를 내려놓고 전투의 현장을 떠나는 게 현명하다는 사실을 받아들이게 되었다. 비겁하면 안전하고 때때로 비겁해야 버틸 수 있다는 사실을 인정하게 되었다. 도망치는 건 더 나은 방법을 찾기 위한 전술적 후퇴였다. 적절한 때를 기다리는 인내이기도 했다. 삼고초려나 와신상담 같은 말이 괜히 나온 게 아니었다. 인생은 기다림이 필요했고, 기다림의 시간은 의외로 빨리 지나갔다.

대중음악의 견가로 활동하면서 다른 분야를 어슬렁거리는 경험은 부담 없는 자극이 되었다. 요즘은 한 달에 예닐곱 번 연극을 보러 가는데, 음악을 듣거나 콘서트를 볼 때처럼 보고 듣는 동안 머릿속에 별점이 오가고 리뷰에 대한 생각이 쌓이지도 않으니 부담스럽지 않았다. 그냥 보면 되었고, 이해가 되지 않더라도 골머리 앓을 필요가 없었다. 극장 로비에서 아는 사람을 만날 일 역시 거의 없어 혼자 관람하고 바람처럼 돌아가면 끝이었다. 음악과는 다른 이야기 방식과 언어가 새로운 재미를 듬뿍 선물해주었다. 동시대 예술의 공통점과 차이점을 생각하게 이끌어주기도 했다. 외출하고 견학하듯 여유롭게 연극을 즐기고 있다. 삶에는 이렇게 빠져나갈 구멍이 있어야 했다.

이따금 떠나는 여행도 마찬가지다. 사람들이 많이 찾지 않는 지역에도 누군가 살아가고 있었다. 삶은 항상 흔적을 남기고 그 흔적에는 꽃이 피어나기 마련이다. 걸음을 옮기는 곳마다 흉내낼 수 없는 꽃, 대체할 수 없는 꽃들이 보였다. 삶은 예술과 다르지 않았다. 아니 예술보다 간절하고 끈질겼다. 모든 삶이 예술이 되려 하지 않았음에도 예술만큼 빙그레 웃고 울컥거리게 만들었다. 여행은 다른 사람의 삶을 통해 나를 돌아보는 시간이 되었다. 소리 내 울거나 웃지 않아도 괜찮다고, 이 정도 속도도 괜찮다고, 내 삶의 앞마당에도 꽤 근사한 꽃들이 피어 있다고 알려주었다.

잘 살고 있는지 의심스러울 때마다 김민기의 노래 〈봉우리〉를 듣곤 한다. 양희은 버전도 있고, 전인권 버전도 있지만 김민기의 버전이 가장 담담하고 묵직하다. "내가 오른 곳은 그저 고갯마루였을 뿐 / 길은 다시 다른 봉우리로"라는 노랫말 앞에서 고개 숙이지 않을 사람이 있을까. "봉우리란 그저 넘어가는 고갯마루일 뿐이라구"라는 김민기의 낮은 음성을 들으면 단단히 잠근 마음의 빗장을 풀게 된다. "사라지는 건 사라지도록 / 잊혀지는 건 잊혀지도록" 하라고 노래하는 김창완의 〈백일홍〉, "어제의 일들은 잊어 누구나 조금씩은 틀려 / 완벽한 사람은 없어"라는 이상은의 〈비밀의 화원〉도 위로가 된다. 이상은이 〈삶은 여행〉에서 "삶은 여행이니까 언젠간 끝나니까"라고 노래할 때도 마찬가지다. 노래가 삶을 짚어주고, 삶은 노래를 깊이 듣게 한다. 이렇게 사는 것도 나쁘지 않다.

당신의 생각을
듣기 위해 쓴다

자신의 생각과 다른 생각을 만나면 이상하다고 여기는 게 보통의 반응이다. 그럴 땐 소셜미디어에 쓰기도 한다. 나는 다르게 생각한다고, 동의하지 않는다고 적기도 한다. 하지만 말 못하고 속으로만 생각하는 경우도 있다. 이야기를 꺼냈다가 꼰대라고, 후지다고 욕먹을까 두려워서다. 요즘처럼 비난하고 조롱하고 편 가르는 일이 놀이가 된 세상에서는 맘 편히 속내를 이야기하기 어렵다. 스타가 되긴 어렵지만 몰락하기는 쉬운 세상에서는 입을 닫고 있는 게 최선일 때가 많다.

동의하기 어려운 생각 중 하나는 굳이 고전 명작을 볼 필요가 없다는 의견이다. 요즘은 고전을 보지 않아도 되고, 그 시간에 각자 좋아하는 무언가를 즐기면 된다는 태도가 팽배해있다. 가령 소셜미디어 릴스에 빠져 있는 사람에게 그런 거 그만 보고 도스토옙스키를 읽으라고 하면 권위적이고 고루할 뿐아니라 폭력적이라는 비판을 돌려받을 게 분명하다.

물론 더 많이 알거나, 나이 많은 사람이라도 명령하듯 말하면 안 된다. 하지만 친절하고 다정한 태도로라도 저렇게 얘기하면 안 될까. 그러니까 사람마다 좋아하는 걸 즐기면 되고, 다른 사람은 거기에 대해 조금도 왈가왈부하면 안 되는 걸까. 그건 취향의 문제이고, 취향은 누구도 뒤흔들면 안 되는 신성불가침 영역일까. 예술작품과 콘텐츠 사이에 우열은 전혀 없고, 취향의 차이만 있을까.

그렇다는 생각이 퍼진 건 포스트모더니즘의 영향이다. 포스트모더니즘은 중심과 주변을 나누고 우열을 가르는 위계를 해체했다. 그 결과 모든 입장과 태도가 평등해지고 자유로워지는 변화를 만들어냈다. 변화는 분명 의미 있다. 변하지 않았다면 다른 정체성과 태도를 동등하게 여기기 어려웠을 테다. 어떤 작가와 작품은 영원히 신성불가침 영역에 머물렀을 거다.

그렇지만 예술작품의 완성도를 가르거나, 더 의미 있는 가치를 찾고 주목하는 일이 권위적이고 고루하기만 한 일일까. 이 문제에 대해 이야기하려면 인간과 사회와 자연을 어떻게 이해하고 평가하는지 철학과 세계관부터 이야기해야 할 텐데, 나는 삶, 사회, 자연을 구성하는 데 더 중요한 가치와 문제, 구조가 있다고 여긴다. 인간의 삶에서 경제와 계급이 차지하는 비중이 매우 크고, 경제적 평등과 기술의 발전 같은 문제를 해결하지 않고는 인간답게 살지 못한다고 확신한다. 그래서 계급문제를 천착하는 예술, 불평등을 고민하는 작품, 인간의 본성을 탐구하는 예술가가 다른 메시지를 가진 작품이나 예술가보다 중요하다고 생각한다.

예술이 오래도록 그 역할을 해왔기 때문에 인간의 성찰과 인식이 깊어지지 않았을까. 예술은 앞으로도 인간 자신과 삶을 구성하는 구조와 문화를 파헤치고 질문하는 역할을 해야 하지 않을까. 그런데 포스트모더니즘이 퍼지고, 수많은 콘텐츠가 범람하면서 예술이 의미를 추구하는 일이나 예술과 콘텐츠 사이의 우열을 나누는 일이 가치 없고 무의미하며 고루한 일처럼 여겨지게 돼버렸다. 각자의 관심과 판단이 중요해진 만큼 평론가의 권위는 떨어졌다.

물론 각자의 판단과 욕망에 솔직해지는 변화는 긍정적이다. 이 또한 민주주의의 가치라고 할 수 있다. 그렇지만 세상 어디에도 권위는 필요 없다고 여기거나, 진지하고 본질적인 모색을 가치 없는 것처럼 여기는 변화에는 흔쾌히 동의할 수 없다. 예술작품 중에는 더 섬세하고 아름답고 발칙한 표현이 있고, 더 본질적인 질문을 건네는 이야기가 있다. 중요성과 완성도에 대한 판단은 얼마든지 엇갈릴 수 있지만, 이 같은 판단과 평가가 근본적으로 불가능하거나 의미 없지 않다.

예술에서 유희는 의미 없고 성찰만 중요하다고 우기려는 게 아니다. 인간의 삶은 그렇게 단순하지 않다. 예술은 어떤 주제를 담았는지만큼이나 얼마나 잘 표현하고, 얼마나 깊이 있게 탐색했는지가 중요하다. 인간에 대해, 사회에 대해, 삶에 대해 깊이 파고들고, 이를 잘 표현한 예술을 만나야 더 풍부하게 이해하고 더 다양하게 존중할 수 있다. 그런 경험이 부족하면 얕게 생각하고, 좋은 게 있어도 좋은지 알아차리지 못할 수 있다. 물론 예술적 체험을 해야만 성숙하고 깊이 있는 판단을 내리는 사람이 되는 건 아니다. 예술은 몰라도 관계와 체험에서 배우는 성숙한 이들이 많고, 높은 감식안을 가진 인간 말종도 숱하다. 예술에 대한 가치판단에서 취향이나 정체성이 작동한다는 사실 또한 부정하지 못한다. 각자의 판단과 평가는 조금씩 엇갈릴 수 있고, 정전正傳은 영원하지 않다.

　그럼에도 이 시대, 이곳이기 때문에 중요한 주제와 문제의식이 왜 없을까. 사람마다 입장과 태도와 취향이 달라도 합의할 수 있는 가치와 작품이 있다. 평가는 불가능하거나 의미 없지 않다. 얼마나 의미 있는 질문을 던졌는지에 따라 우열을 나눌 수 있고, 얼마나 잘 표현했는지에 따라 평가할 수 있다. 결과만 중요한 게 아니라 의미 있는 작품을 찾아가는 문제의식과 과정이 소중하다고 믿는 입장에서는 지금처럼 진지한 성찰이 저평가되는 분위기가 우려스럽다.

　사람들이 가벼운 것만 좋아한다고 비난하려는 게 아니다. 진지한 고민을 다르게 표현하는 방식을 선호하는 것일 수 있기 때문이다. 삶이 무거우면 도망가고 싶을 때가 많다. 가벼운 콘텐츠를 통해 머리를 식히는 일도 필요하다. 그렇다고 정전을 가벼운 콘텐츠와 동일시해도 될까. 취향을 전가의 보도 삼아도 괜찮을까. 차이와 자유를 인정하려다 성찰과 창작이 지닌 가치와 의미마저 잃어버리는 것은 아닌지 두렵다. 옛날 사람인 내게 익숙한 가치와 방식만 옹호하면서 변화를 받아들이길 거부하는 것일 수 있지만, 어떤 변화와 생각은 좀처럼 받아들이기 어렵다. 그래서 쓴다. 당신은 어떻게 생각하는지 묻기 위해 쓴다. 당신의 생각을 들어보기 위해 쓴다.

음반 리뷰를
읽지 않는 세상

동료 음악평론가와 요즘 사람들이 음반 리뷰를 안 읽는다는 얘기를 나눈 적이 있다. 맞다. 나의 경우에도 음반 리뷰를 썼을 때보다 음악계의 사건과 흐름에 대해 쓸 때 훨씬 반응이 좋다. 그러다보니 갈수록 음반 리뷰 쓰는 일을 주저하게 된다. 음악 평론가라면 당연히 음반 리뷰 쓰는 일이 가장 중요하다고 생각해왔고, 나름 사명감을 가지고 써왔는데, 반향이 적으니 힘이 빠질 뿐 아니라 음반 리뷰라는 포맷 자체를 회의하게 된다.

여러 가지 이유가 있을 것이다. 물론 가장 큰 이유는 내 음반 리뷰가 깊이 없고 재미없기 때문 아닐까. 리뷰를 잘 썼다면 분명 더 많은 이들이 찾아 읽었을 거다. 하지만 그것만 원인 같지는 않다. 지금은 음반 단위로 음악을 향유하지 않는 시대 아닌가. 대부분의 사람들은 싱글을 듣는다. 개별 곡을 온라인 음악 스트리밍서비스의 차트 순위대로 듣거나, 유튜브에서 찾아 듣는다. 혹은 다른 이들이 만들어놓은 플레이리스트로 듣는다. 특정 음악인의 음악 세계를 온전히 이해하기 위해 듣는 게 아니라, 유행하는 음악을 놓치지 않기 위해서 듣고, 어떻게든 좋은 곡을 들으면 충분하다고 여기는 추세다. 귀 기울여 듣기보다 습관적으로 듣는 경우도 많다. 이런 세상에서 한 장의 음반을 처음부터 끝까지 귀 기울여 듣는 사람은 그 음악인의 팬뿐일지 모른다.

음악 팬들만 음반을 외면하는 게 아니다. 음악인들조차 음반보다 싱글을 중심으로 활동한다. 음반보다 싱글이 히트하기를 바라며 뮤직비디오를 찍는다. 음반이 중요한 음악인은 거뜬히 백만 장 이상 팔 수 있는 인기 정상의 케이팝 음악인들이거나 작가주의 음악인뿐인 세상처럼 보인다. 이처럼 음반의 가치가 떨어진 세상, 음악을 듣는 패턴이 바뀐 세상에서는 음반 리뷰가 힘을 얻기 어렵다. 실제로 음악마니아조차 리뷰를 꼼꼼하게 읽지 않는다. 별점만 확인한 다음 들을 음반을 고르는 수단으로 활용할 뿐이다.

사람들이 음반 리뷰에 관심을 가질 때는 아는 음악인, 좋아하는 음악인에 대해 이야기할 때다. 알아야 관심을 가진다. 음악 팬들이 음반 리뷰를 주목하는 순간도 자신이 좋아하는 음악인의 음반을 호평할 때다. 의견이 동일해야 관심을 드러낸다. 그때 팬들은 온라인 팬클럽 공간으로 리뷰를 가져가 평론가도 우리 음악인을 알아본다며 자랑스러워한다. 역시 ○○○ 평론가가 안목이 있다며 칭찬한다. 하지만 반대의 경우에는 신랄하게 비판당하고 욕을 먹는다. 이런 경험을 하다보면 팬들이 원하는 것은 평론가의 인정이라는 권위와 공증일 뿐, 정직하고 구체적인 평가가 아니라는 결론을 내리게 된다.

음반 리뷰에 대한 관심 이전에 평론가의 권위가 예전 같지 않은 지는 이미 오래되었다. 원래도 평론가의 리뷰와 추천을 중요하게 생각하는 사람은 늘 소수였는데, 요즘은 더 줄었다. 각자 자신의 감각과 판단을 더 중요하게 생각하는 시대이고, 좋아하거나 친숙한 음악을 듣는 데 평론가의 의견이나 도움이 필요하다고 생각하지 않기 때문이다.

음악은 연극이나 영화와 달리 상세한 해설이 필요하지 않은 장르다. 음악은 서사가 중요한 역할을 하지 않고, 컷과 앵글 같은 방법론의 근거를 따질 필요가 없다보니 대개 들으면 직관적으로 호불호를 판단할 수 있다. 그래서 영화처럼 무슨 의미인지 궁금해 평론가의 해설과 비평을 찾아보는 일이 드물다. 지금도 〈리드머〉, 〈음악취향Y〉, 〈이즘〉을 비롯한 대중음악 웹진과 《재즈피플》 같은 음악 전문 잡지들이 운영 중이고 꾸준히 리뷰가 올라오지만 조회수가 높지 않고 반향도 적다. 상황이 이렇다보니 음악평론가들 중에도 음반 리뷰를 꾸준히 쓰는 이는 손에 꼽을 정도다. 음악평론가들이 쓰는 글은 대부분 이슈와 트렌드에 대한 칼럼이다. 매체에서는 칼럼만 청탁한다.

접할 수 있는 문화예술 작품과 경험이 너무 많다는 현실 또한 음반 리뷰에 무관심해지는 데 영향을 미치는 듯하다. 누군가의 시간을 쟁취하려는 노력이 전쟁처럼 벌어지는 세상에서는 어렵지 않고, 쉽게 볼 수 있으며, 짧고 자극적인 무언가가 쏟아지기 마련이다. 여기저기 널린 작품을 향유하기도 급급한데 비평까지 찾아 읽으면서 음악을 듣고 싶진 않을 테다.

또한 사람들은 알지 못하는 대상에 대해 선뜻 관심을 갖지 않는다. 세상에 좋은 음악이 아무리 많아도 그 음악에 귀 기울이는 사람이 많지 않은 이유다. 사람들은 그 음악에 가까이 다가갈 수 있는 징검다리를 만들어주지 않으면 건너오지 않는다. 사연을 앞세우는 서바이벌 오디션에 익숙해진 시대에는 더더욱 그렇다. 사연과 서사가 없는 낯선 음악으로 선뜻 뛰어드는 이는 드물다. 아무리 좋은 음악이라고 평론가가 호평해도 그 음악을 찾아 듣지 않는다. 셀럽이 소개하거나, 화려한 수사를 입혀 '올해 최고의 음반'이라는 식의 직관적인 설명으로 유혹해야 겨우 조금 관심을 갖는다.

이런 상황에서 음악을 찾아가며 듣지 않는 보통 사람들에게 음반 리뷰는 너무 전문적이고 어렵게 느껴질지 모른다. 그보다는 감성적인 에세이식의 라이너노트가 훨씬 유용하고 효과적일 가능성이 높다. 이 또한 음반 리뷰에 대한 반응이 적은 이유 아닐까.

그렇다고 남 탓, 상황 탓만 할 수는 없다. 지금 음반 리뷰를 쓰는 이들, 나를 포함한 한국의 대중음악평론가들이 얼마나 냉정하고 솔직하게 음반 리뷰를 했는지 돌아볼 필요가 있다. 호평할 수 있는 음반에 대해서는 얼마든지 언급하지만, 혹평해야 하는 음반, 인기 있지만 아쉬운 음반에 대해서는 하고 싶은 말이 있어도 입을 닫아버렸을 수 있다. 좀 더 쉽게 읽을 수 있게 글을 쓰거나, 사람들이 잘 발견하기 어려운 의미 있는 인식을 전해주는 데 실패했기 때문이라는 추론도 가능하다.

　　그렇다면 음악평론가들이 정직하고 신랄하고 깊이 있는 비평을 쓰면 될까. 자신의 일을 잘해내는 일은 언제나 중요하지만 세상이 그렇게 쉽게 달라지는 법은 없다. 앞으로 상황은 크게 달라지지 않아, 대중음악평론가는 해설이나 선별, 추천 정도의 역할만 수행하며 살아가게 될 가능성이 높다. 긴 글보다 코믹한 이미지를 선호하고, 다른 의견과 태도를 마음 열어 받아들이지 않고 끼리끼리 헤쳐모이는 세상에서는 더더욱 그럴 가능성이 높다. 이런 세상에서는 어떻게 말을 걸어야 할까. 음반 리뷰를 계속 써도 될까. 일개 평론가의 고민은 계속된다.

취향의 시대,
이렇게 살아가면 어떨까

다들 누군가에게 배우면서 성장했음에도 이제는 배워야 하는 순간과 가르치려 드는 태도를 거부하는 분위기다. 민주주의가 일상화된 사회이고, 권위에 대한 반감이 널리 퍼졌으며, 평등한 관계를 지향하기 때문만이 아니다. 자신도 알 만큼 안다고 생각하기 때문이다. 다들 배울 만큼 배운 데다, 인터넷을 통해 어지간한 정보는 금세 학습할 수 있다고 믿는다. 돈과 시간이 있으면 뭐든 살 수 있고, 어디든 갈 수 있으며, 쉽게 배울 수 있다고 생각하는 시대에는 전문가의 권위가 존재하기 어렵다.

실제로 지금은 자신의 판단과 취향을 확신한다. 경제력이 높아지고, 정보를 손쉽게 취득할 수 있을 뿐 아니라 개인주의가 만연한 시대의 사람들은 좀처럼 자신이 틀렸다고 생각하지 않는다. 누가 뭐라고 하든지 자신 있게 행동하고 소비한다. 나아가 의견이 다른 사람을 만나려 하지 않고, 자신의 머리부터 발끝까지, 아침부터 밤까지 끊임없이 전시한다. 이제는 외모와 라이프스타일이 자신을 드러나게 하고 완성하는 매력자본이다. 패션과 여가, 여행 등으로 자신이 얼마나 감각적이고 트렌디하며 개성 넘치는지 알리는 일은 날마다 수행해야 할 중요한 일과다.

소셜미디어가 없던 시대에는 자신을 전시할 수 있는 장이 적었다. 기껏해야 가까운 지인들에게 알리는 정도였다. 하지만 소셜미디어의 시대에는 자주 만나지 못하는 지인들뿐 아니라 모르는 사람들에게까지도 과시할 수 있다. 자신이 얼마나 세련되고 정치적으로 올바르며 유행에 민감한지 실시간으로 드러낼 수 있다. 그렇게 해서 '좋아요'를 많이 받고, 네트워킹의 범위를 확장해 셀럽에 가까워지는 일이 만인의 과제가 되었다. 현대인이 늘 분주한 이유다. 이제는 유명인들마저 일반인과 경쟁해야 할 정도다.

자기 확신과 자기 과시. 이는 모두 자본주의와 포스트모더니즘, 민주주의와 개인주의가 기술 발전에 힘입어 만들어낸 변화다. 생활수준이 높아지고 소비력이 늘어난 데다 테크놀로지가 발전하면서 사람들은 좋아하고 열광하는 대상에 시간과 돈을 쏟아부을 수 있게 되었다. 전문성을 쌓고 자랑할 수 있게 되었다. 대중의 지적 수준이 올라갔고, 모든 영역에서 관심과 욕망대로 소비하고 과시할 수 있는 사이클과 생태계가 만들어졌다. 이러한 변화는 더 많은 상품을 소비하도록 부추겼을 뿐 아니라, 모두가 자신의 취향과 욕망을 찾아 나서도록 자극했다.

그 결과 많은 이들이 취향과 욕망을 드러내는 데 솔직해지고 거침없어졌다. 이러한 현상은 생활수준이 높아지고 인구가 많아지며 개인주의가 확산하면 자연스럽게 나타나는 변화이기도 하다. 생각해보면 좋아하는 무언가에 대해 항상 옳고 그름의 기준을 적용할 필요는 없다. 그것은 사적인 호불호의 영역일 뿐이다. 그런데 예전에는 개인의 취향과 호불호를 놓고 왈가왈부하는 경우가 적지 않았다. 왜 그런 걸 좋아하냐고, 왜 다수가 좋아하는 것을 따라 하지 않느냐고 따지고 놀리고 압박했다. 전체주의사회에서는 다들 같은 걸 먹고 같은 옷을 입고 같은 영화를 보았다.

하지만 1990년대 이후 세상은 변했다. 어떤 대상에 대해서건 유일한 정답이 존재하지 않는다고 믿게 되고, 욕망을 감출 필요가 없다고 생각하게 되면서, 특히 자신이 원하는 것을 스스로 구입하고 향유할 수 있게 되고, 모두가 소비자의 마인드로 살아가게 되면서 삶은 각자의 선택이 되었다. 어떤 삶을 살아가고, 어떤 라이프스타일을 구가하는지는 철저히 개인의 몫이 되었다. 그와 맞물려 누가 뭐라든 자신이 좋으면 그만이라고, 어차피 한 번뿐인 인생 자신의 욕망대로 살다 가는 것이 최고라는 생각이 함께 퍼졌다. 물론 여전히 유행이 존재하고, 누군가는 타인의 관심과 스타일에 대해 왈가왈부하기도 하지만 심장이 이끄는 대로 살아가는 이들의 비율이 높아졌다.

이들에게는 취향과 자유라는 방패가 있다. 특히 취향이라

는 이름의 방패는 촌스럽다는 조롱이나 이상하다는 비판 정도
는 거뜬히 막아낸다. 취향은 자신의 감각과 판단에 자신감을
불어넣는다. 자신감 정도가 아니라 범접 불가능한 오라를 불
어넣는다 해도 과언이 아니다. 취향이라는 방패를 꺼내 들면
이해할 수 없고 동의할 수 없어도 인정하고 존중해야 한다. 아
무리 유명한 곡이나 드라마, 음식도 취향에 맞지 않는다 하면
마음을 열고 받아들여야 한다. 덕분에 사람들은 각자의 기호
와 관심대로 소비하고 표현할 수 있게 되었다. 평론가의 권위
가 떨어진 현상은 이러한 변화의 일환이다.

그런데 평론가라고 취향이 없을까. 평론가라고 해서 모두
의 감각과 판단이 동일하지는 않지만 평론가들에게는 대체로
동일하게 수렴할 수 있는 판단과 감각이 존재한다. 그것이 안
목이고, 평론가의 안목은 권위의 기반이다. 하지만 이제 전문
가의 안목은 개인의 취향이라는 방패를 잘 뚫지 못한다. 앞에
서 설명한 이유 때문인데, 이 같은 변화는 당연한 일일지 모른
다. 사람은 모두 다른 존재이기 때문이다.

그동안 우리는 한 사람을 분석하고 호명할 때, 그 사람의
정체성을 세세하게 분석하지 않고 대중이라고 뭉뚱그려 판단
했다. 어떤 젠더이고, 어떤 세대인지, 어느 지역 출신이고, 어
떤 계급인지 따져보지 않았다. 사람은 자신의 정체성에서 자
유로울 수 없고, 정체성에 따라 저마다 다른 생각과 감각을 갖
게 되는데 말이다.

그렇다고 정체성이 모든 감각과 판단을 규정하지는 못한다. 사람은 모순적이고 불합리하며 자유로운 존재이기 때문이다. 아무리 열심히 읽고 여러 번 다시 보아도 빠져들 수 없는 무언가가 있다. 다른 이들이 다 싫다고 해도 자신의 마음을 사로잡아버리는 무언가가 있다. 이유를 논리적으로 설명하기는 어렵다. 감각은 논리적이지 않다. 감각이 논리적이고 합리적이어야 할 이유 같은 건 없다.

집단주의 문화가 강했던 시절에는 다들 음식점에서 같은 메뉴로 통일하듯 다른 이들이 좋아하는 것을 따라서 좋아하곤 했으며, 자신의 감각에 잘 맞지 않아도 다른 선택을 하기 어려워했다. 그런데 자본주의 시장이 달라졌다. 문화가 중요한 상품으로 등극하고, 라이프스타일 시장이 성장하며, 스마트 기기를 활용할 수 있게 된 후에는 문화가 콘텐츠라는 이름으로 재탄생했다.

향유하는 태도 역시 달라졌다. 보고 듣고 느낄 수 있는 작품과 결과물의 양이 폭발적으로 늘어나면서부터는 같은 걸 보고 듣고 느낄 필요가 없어졌다. 사람들은 제각각 자신들이 좋아하는 무언가에 열중한다. 그 대상을 만나는 플랫폼도 제각각이다. 어떤 이는 유튜브에 빠져 있고, 어떤 이는 넷플릭스에 열광하며, 어떤 이에게는 여전히 서점과 음반가게가 중요하다. 그러다보니 설레거나 감동하는 대상이 잘 겹치지 않는다. 친구 사이에도 다른 것을 본다. 가족은 말할 것도 없다. 이제

가까이 있는 지인보다 멀리 있는 같은 팬클럽 회원들과 겹쳐지는 게 더 많은 세상이다.

선택의 과정에서 전문가의 도움을 완전히 배제하지는 않지만 판단은 개인에게 맡겨졌다. 여전히 입소문의 힘이 강력하긴 해도, 다른 이들이 입 모아 칭찬한다고 내 마음을 흔들지 않는 무언가를 어쩔 수 없이 호평하는 일은 드물다. 억지로 다른 이의 선택을 따라가지 않아도 세상 어딘가에 나를 만족시키는 무언가가 존재한다는 사실을 알고 있기 때문이다. 이런 세상에서는 문화산업의 경쟁이 더 치열해질 수밖에 없다. 향유자/소비자의 한정된 지출과 시간을 끌어내는 기획과 마케팅은 쉬운 일이 아니다. 절대 강자는 없다. 한 번 관심을 끌더라도 영원하지 않다. 너무 많은 작품과 결과물이 쏟아지는 데다, 접속하기 쉬워진 세상 아닌가.

지금 같은 상황은 향유자에게 더할 나위 없이 좋을지 모른다. 경험할 수 있는 대상이 무한정 늘어났으며, 방식도 간편해졌고, 아무도 가로막지 않는다. 그저 자신의 심장이 이끄는 대로 찾아 즐기기만 하면 된다. 지금 사람들은 생계, 건강, 가족, 노후문제 등으로 고통받으며 살아가지만, 잠시나마 고통을 유예하거나 외면할 수 있게 도와주는 콘텐츠가 수두룩해졌다.

그러면 된 것일까. 수많은 대상 가운데 각자 자신의 취향대로 즐기면 되는 것일까. 예술가와 전문가의 권위가 줄어들었으니, 자신의 기호와 취향을 마음껏 표출하면서 살아가면 되는 것일까. 취향의 시대에도 살펴봐야 할 부분이 없지 않다. 각자 자신의 취향과 판단에만 머물러 있을 수 있기 때문이다. 다른 이들의 울타리 너머로 건너가보지 않고, 자신의 울타리 안에만 파묻혀 있을 수 있기 때문이다. 더 많은 세계를 만날 기회를 스스로 차단하거나, 자신의 몰이해와 편협함을 알아차릴 기회를 놓치고 있을지 모른다.

그러거나 말거나 좋아하는 무언가만 즐기겠다고 하는 이에게 다른 제안을 해봐야 듣지 않을 가능성이 높다. 그렇지만 세상에 재미있고 새롭고 아름다운 것들이 많다고 말해보고 싶다. 지금 좋아하고 사랑하는 무언가를 처음부터 좋아하지는 않았을 수 있다고, 처음에는 이상하고 어렵게 느껴졌던 무언가를 뒤늦게 좋아하고 아끼게 되기도 하지 않았는지 살펴보자고 얘기해보고 싶다. 당신의 취향을 존중하지만, 취향은 고정불변하지 않다. 우리는 끊임없이 자신의 세계를 만들고 부수면서 오늘의 자신이 되었다.

취향을 키워가는 일과 안목을 만드는 일은 다른 일이 아니다. 자신이 좋아하는 무언가에 열중하면서 다른 이들의 취향과 평가를 받아들일 때 더 많은 즐거움을 만날 수 있고, 그동안 보지 못했던 관점으로 볼 수 있다. 좀처럼 완벽해질 수 없는 경험과 판단의 오류를 수정하거나 뒤집을 수 있다. 자신의 기호와 취향에만 머물러서는 아름다움과 즐거움의 수많은 변종을 놓치기 마련이다.

　다른 외모와 성격으로 살아가는 나의 삶이 진실하듯, 다른 이들의 판단도 진실하다. 삶은 계속 변하고 세상도 계속 변한다. 예술도 마찬가지다. 안목은 그 변화를 기쁘게 수용하고 아우르는 태도다. 세상의 수많은 존재마다 다양하게 존재하는 가치와 노력을 고르게 찾아내고 존중하려는 마음이다. 그러니 취향과 자유를 방패로 쓰지 말고 다른 표현과 이야기를 두루 사랑하는 안목을 키워보면 어떨까. 안목의 망원경으로 더 많은 취향을 찾아내면 어떨까. 열린 마음과 자유로운 태도는 삶을 더 다채롭게 해줄 것이다. 더 많은 깨달음의 기쁨을 줄 것이다. 그 행복을 굳이 거부할 필요는 없지 않을까.

자기애 넘치는 세상

어머니는 KBS 일일드라마를 좋아하신다. 내가 볼 때는 대부분 막장 드라마여서 너무 뻔한데 재밌다 하신다. 더 재미있는 드라마가 많다고 말씀드려도 늘 뻔한 드라마만 보신다. 뻔하고 예상할 수 있는 이야기여서 좋아하시나 싶다.

안다. 세상에는 수준 높고 완성도 높다는 작품보다 쉽고 단순한 작품을 좋아하는 이들이 더 많다. 그들이 움직이지 않으면 절대 흥행에 성공하지 못하는데, 1990년대 이전에는 그들의 평가와 취향이 그다지 존중받지 못했다. 일반인보다 평론가나 마니아의 목소리에 힘이 실리는 시대였던 탓이다. 하지만 1990년대 이후에는 포스트모더니즘의 영향과 개인주의의 확산, 문화산업의 발전 등으로 인해 자신이 좋아하는 무언가를 혹평하면 싫어하게 되었고, 다른 사람이 좋아하는 문화예술 작품의 수준을 평가하면서 위계를 매기는 경향이 줄어들었다. 대졸자와 고학력자가 늘어난 현상도 영향을 미치지 않았을까. 평균 학력이 높아진 사회는 자신의 판단에 대한 확신이 강해지기 마련이다.

그 결과 누군가의 관점에선 수준 낮은 작품을 보든, 이상한 어법의 작품을 좋아하든 모두 취향이니 존중해야 하는 세상이 되었다. 평론가나 마니아의 평가는 힘을 잃었다. 정치적으로 올바르지 않은 작품을 본다고 해서 부정적인 영향을 받는다고 확신하기 어렵다는 연구가 보통 사람들의 목소리에 힘을 실었다. 텔레비전을 바보상자 취급했던 시대의 논리대로 자극적이고 수준 낮은 대중문화를 접한다고 어리석어지지는 않는다는 주장이다. 오히려 정의를 실현하려는 의지로 막장 드라마를 본다는 분석이다.

사실 1980년대까지는 대중문화를 옹호하는 의견이 드물었다. 대표적으로 아도르노는 문화가 자본주의라는 독약에 물들어 문화산업이 되었으며, 문화산업은 모든 예술작품을 상품화 대상으로 만들고 할리우드 B급 영화나 팝송 수준으로 떨어뜨린다고 비판했다. 나아가 대중문화는 동일화된 일상의 공모자일 뿐이라고 공격했다. 대중문화는 기존 체제를 유지하는 부정적인 역할을 한다고 본 것이다. 좌파만 대중문화를 비판한 게 아니다. 보수적인 관점을 지닌 이들 또한 고급문화를 옹호하면서 대중문화는 상업적이며 저속하다고 비판했다. 정치적 이념이 정반대인 좌파와 우파가 한목소리로 대중문화를 혹평한 셈이다. 물론 이제는 큰 힘을 발휘하지 못하는 관점이다.

지금은 대중문화의 수준이 매우 높아졌을 뿐 아니라 작품

자체도 다양해졌다. 그러다보니 수준 낮은 작품과 수준 높은 작품을 완벽하게 나누기 어렵다. 키치적인 B급 스타일을 전용하는 작품이 적지 않은 세상이다. 좋아하는 작가의 작품이나, 좋아하는 배우가 출연하는 작품은 무조건 좋게 보일 수 있다. 수준 높은 작품을 알아보는 심미안을 가진 이들이 질 낮은 작품에 끌리거나 반할 때도 있다. 사람은 항상 이성적이거나 합리적이지 않으며, 모순적이고 충동적인 존재다.

그렇다면 예술작품의 완성도와 가치를 평가하는 일은 불필요하고 의미 없는 일일까. 막장 드라마처럼 허술하거나 정치적으로 올바르지 않은 예술작품을 보더라도 한 사람의 감성과 지성에 크게 해가 되지 않으니 걱정할 필요 없을까. 같은 논리로 완성도 높고 심오하거나 전복적인 메시지를 지닌 작품을 일부러 찾아볼 필요는 없으며, 예술에서 함께 생각해볼 만한 이야기를 던지거나 윤리적으로 올바른 가치를 보여주는 일도 중요하지 않은 것일까. 사람들은 특정 작품이 지닌 문제를 알고 볼 만큼 모두 지적이며 비판적일 뿐 아니라 다른 의미로 전복해서 이해하는 수준 높은 존재이니, 예술작품을 평가하고 지적하는 건 아는 체하고 가르치려 드는 일일 뿐일까. 그냥 각자 이해하고 즐기면 되는 것일까.

요즘 세상의 분위기는 그렇다고 말하는 쪽이다. 개인의 자유가 중요해지고, 개인의 취향과 판단을 비판적으로 이야기하는 일이 금기시되는 사회에서는 누구도 자신의 판단이 틀리거나 안목이 높지 않다는 사실을 인정하지 않을뿐더러, 취향과 다양성이라는 방패로 자신을 옹호한다. 요즘 사람들은 자신의 판단과 자존을 흔드는 일은 방지하려 애쓰고, 자신의 이야기에 공감해줄 사람만 찾는다. 심지어 사실조차 인정하지 않는 경우가 허다하다.

이상한 시대 아닌가. 예술작품의 정치적 올바름을 따지는 이들은 많아졌지만, 정치적으로 올바르지 않은 작품을 보는 사람을 막지 않는다. 그건 개인의 자유라고 생각하기 때문일까. 물론 사람은 누구나 자신이 좋아하는 걸 볼 자유가 있다. 정부가 감시하거나 처벌할 영역은 아니다. 만약 그렇게 한다면 독재정권이고 전체주의사회다. 그렇다 해도 질문은 필요하다. 왜 가부장적이거나 차별을 옹호하는 의견은 줄어들지 않고 여전히 기세등등할까. 사람의 생각과 안목은 바뀌고 깊어지는 영역이 아닌 걸까. 요즘은 사적인 기호와 판단으로 치부하는 영역이 너무 많아지고, 자기 자신을 무조건적으로 옹호하는 분위기가 과도하기 때문은 아닐까.

이런 사회에서는 지식인들 또한 왜 사람들이 특정한 경향에 쏠리는지 분석할 뿐, 그 경향을 만들어내는 이들을 비판하지 않는다. 막장 드라마를 만드는 방송국을 비판해도 막장 드라마를 보는 사람을 비판하지 않는다. 박근혜를 비판하지만 박근혜 지지자를 비판하지 않는 세상에서 누가 문제를 만들고 지속하게 만드는 것일까. 문제는 권력을 지닌 사람, 뭔가를 만들고 이야기하는 시스템에만 있을까. 알을 낳는 닭만 문제인 게 아니라 알을 품는 자신에게도 문제가 있을 수 있다는 사실을 외면하는 건 아닐까.

질문은 멈추지 않는다. 누군가 비민주적이고 가부장적인 생각을 할 때, 특정 대중문화는 전혀 영향을 미치지 않는 것일까. 그렇다면 그 생각은 어디에서 왔을까. 무언가를 살 때는 굉장히 신경을 쓰는 사람들이 자신의 판단과 감각에 영향을 미칠 수 있는 대상에 대해서는 의외로 무심하고, 개인을 신성불가침 영역에 둔 것처럼 옹호한다. 누구도 자신의 판단과 안목을 평가받으려 하지 않고, 윤리와 교양이라는 기준 앞에서 검토하거나 반성하려 하지 않는 모습은 아무리 생각해도 자의적이고 자기중심적이다. 내가 좋아하면 그걸로 된 게 아니라 옳고 그름을 따져보고 완성도에 대해서도 생각해보아야 하는데, 선호와 취향이라는 잣대로 윤리와 가치에 대한 사유를 덮어버리는 세상이라니. 훗날 역사는 오늘을 모두가 나르시시스트가 된 시대라고 기록할지 모른다. 이렇게 자기애 넘치는 세상을 본 적 있는지.

삶의 즐거움과 의미

반드시 나를 사랑해야 할까. 나를 사랑해야만 다른 사람을 사랑할 수 있을까. 요즘엔 그렇다는 이야기를 자주 듣는다. 다들 '자존감'에 대해 알고 있을 정도다. 하지만 정말 그럴까.

이런 이야기가 썩 내키지 않아 반문하는 이유는 내가 나를 사랑하지 못하는 사람이기 때문일 거다. 나는 나를 오래 미워했다. 눈치 없고 누구와도 잘 어우러지지 못하는 나, 쉽사리 절제하지 못하는 나, 금세 다른 사람을 불편하게 하고 수없이 상처 주는 나, 그래서 다른 이들에게 사랑받지 못하는 나, 근사한 결과물을 내놓지 못하는 내가 정말 싫었다. 소셜미디어에서 누가 좋아요를 누르고 누르지 않는지 계속 신경쓰고, 눈치라곤 코딱지만큼도 없는 데다, 이기적인 나를 보면 한숨이 나왔다. 이런 나를 어떻게 사랑할 수 있을까 싶었다. 상담을 받고, 다른 사람의 이야기를 듣고, 책을 찾아 읽은 이유다. 살다 보니 이해가 되기도 하고, 포기하게 되기도 하고, 안쓰러워지기도 했다. 하지만 아직도 나를 사랑한다 말하기는 쉽지 않다.

내가 자신을 혐오하고 용서하지 못하는 습성과 별개로 자신과 개인에 큰 의미를 부여하는 문화 역시 내키지 않을 뿐 아니라 여전히 완전히 동의하거나 수용하기 어렵다. 대학에 들어간 다음 해였나. 서태지와 아이들이 데뷔했을 무렵 세상은 또래 세대를 '엑스세대'라고 부르기 시작했다. 엑스세대는 개성과 자유를 중시하는 세대라 했다. 획일적이고 억압적이었던 군사독재 치하에서 훈육된 세대, 집단 중심의 상명하복 문화에 익숙했던 세대와 달리 엑스세대는 욕망을 드러내고 추구하는 데 거침이 없다 했다.

그때는 그러려니 했다. 사실 우리도 청소년 시절 머리를 빡빡 깎았던 세대였고, 매일 저녁 국기 하강식 때마다 걸음을 멈추고 경례를 했던 세대였으며, 영화를 보기 전에 애국가가 나오는 걸 무심히 바라보던 세대였는데 갑자기 호칭이 달라지니 어색했다. 애국조회를 하고 교련수업도 받았으니 윗세대와 다르면 얼마나 다를까 싶었지만, 왠지 근사해 보이는 명칭과 세상의 관심이 싫지 않았다.

변화는 세대에 대한 다른 명명에서 그치지 않았다. 1990년대는 본격적으로 개인의 욕망을 드러냈을 뿐 아니라 그래야만 할 것 같은 분위기가 엄습한 대전환의 시대였다. 동구권 사회주의의 몰락, 문민정부의 등장, 포스트모더니즘의 유행과 본격 소비사회로의 전환이라는 굵직한 변화가 함께 만든 결과였다. 이제는 조국과 민족을 걱정하는 대신 자신의 욕망을 찾아 춤추고 여행을 떠나야 할 것 같았다. 여전히 운동을 하는 이들이 있고, 지지를 보내는 학생들도 많았지만 트렌드는 배낭여행과 록카페 쪽으로 쏠렸다. 개인주의가 힙하고 멋진 것처럼 여겨졌다. 그런 메시지를 담은 책들이 각광을 받았다. 무라카미 하루키의 소설이 인기를 끈 이유, 누군가 계속 죽어나가는데도 1990년대 학생운동이 차츰 힘을 잃은 이유 가운데 하나가 아니었을까.

그 후로 30년이 흘렀다. IMF 구제금융 사태와 여러 번의 정권 교체, 세월호 참사가 이어지는 동안 한국인들은 각자도생에 익숙해졌다. 이제 국가나 사회가 자신을 지켜줄 거라 기대하는 사람은 드물다. 국가, 직장, 가족 중 무엇도 자신을 지켜주지 못하니 각자 알아서 살아남아야 한다는 위기의식과 두려움이 일반화되었다. 그 결과 시험을 봐서 얻은 직업과 직장에 목매고, 다른 이들은 들어오지 못하도록 담장을 높이 쌓는 이들이 많아졌다. 일찍부터 노후를 준비하거나 여러 직업을 겸하기도 한다.

그렇다고 세상을 걱정하고 조국과 민족을 생각하는 사람이 멸종하지는 않았다. 여전히 다른 이들을 염려하고 함께 살아가려는 이들이 있지만, 이제는 어떤 가치보다 개인이 최우선이 되는 분위기다. 가족 같은 전통적인 가치, 혹은 더 큰 존재와 숭고한 의미보다 자신의 기쁨과 만족, 이익과 평화가 훨씬 중요하고 가치 있다 여긴다. 의미 있는 일을 하는 것도 좋지만, 그 일을 하는 자신이 행복해야 한다. 자신이 행복한 게 최우선이란다. 자신을 잘 달래고 위로해야 뭐든 할 수 있단다. 그래서 사람들은 멋진 옷을 입고, 맛집을 찾아다니고, 핫플레이스로 몰려간다. 자신에게 선물을 하는 이들도 많다. 그 모습을 소셜미디어에 올려 자랑하면 다들 좋아요를 눌러준다. 그것이 자신을 위한 삶, 제대로 된 삶이라고들 생각하는 모양이다. 요즘 세상에서는 의미 있는 일을 하는 사람보다 일상을 멋지고 즐겁게 사는 사람이 더 인기를 누린다. 지금은 그런 세상이다.

정말로 개인은 누구도 범접할 수 없는 신성불가침의 존재일까. 개인은 어떤 집단이나 가치보다 소중하고 존엄한 존재일까. 한 사람의 존재와 차이를 긍정하고 존중하는 일과는 별개로, 나는 '나'라는 존재가 얼마나 대단한 존재일까 싶다. '나' 혼자서 해낼 수 있는 일이 얼마나 있을까. 우리는 다른 사람의 도움을 받지 않으면 하루도 살아남기 어려운 존재 아닌가.

게다가 '나'는 합리적이거나 이성적이지 않은 존재다. 하루에도 수십 수백 번 기분이 달라지고, 수많은 충동과 번뇌 속에서 헤매는 존재다. 말을 안 해서 그렇지 말도 안 되는 충동을 눌러가며 겨우겨우 세상에 맞춰가는 존재라는 걸 다들 알고 있지 않나. 그러니 어쩔 수 없이 어르고 달래야겠지만, 이런 존재의 기분을 맞추고 달래는 일이 얼마나 의미가 있고 중요한 것일까. 이런 존재를 소중하게 여기는 일이 세상 무엇보다 가치 있는 일이 되어도 괜찮은 걸까. 모두가 자신이 가장 소중해지면 그런 세상은 행복한 세상일까. 평화롭고 조화로울 수는 있는 세상일까. 게다가 자신을 소중하게 여기는 일이 고작 뭔가를 사재끼는 일이라면 웃음밖에 안 나온다. 대체 누구 좋으라고 하는 일인지.

물론 모두가 조국과 민족을 위해 살아야 하는 것 같았던 시대에 정작 그렇게 살고 싶었던 사람, 그렇게 살 수 있는 사람은 드물었을 것이다. 그런 사람들에게 조국과 민족을 위해 살아야 한다는 분위기는 강압이고 폭력이었을 게 분명하다. 굳이 조국과 민족까지 가지 않아도 상사나 연장자, 가족이나 집단의 지시와 목표에 자신을 맞춰야 했던 시대, 자신의 욕망과 차이를 드러내기 어려웠던 시대가 계속되어서는 안 되긴 했다. 반면 지금은 다들 삶이 불안하기 때문에, 그나마 확실하게 챙길 수 있는 대상은 자신밖에 없기 때문에, 인생은 한 번뿐이기 때문에 자신에게 몰두하는지 모른다. 경제가 성장하고 민주주의가 뿌리내릴수록 개인의 인권과 차이를 존중하는 흐름이 자연스럽기도 하다.

그렇다고 개인이 모든 가치의 출발이 되고 기준이 되어야 할까. 개인은 어떤 단위와도 대체되어서는 안 되는 절대 지존의 위치에 있어야 할까. 그리고 반드시 자신을 사랑해야 할까. 자신과 불화하거나 자신 아닌 다른 존재를 더 사랑하고 가치 있게 여겨서는 안 될까. 인간은 그렇게 살 수 없는 존재일까. 집단주의에 대한 거부는 당연하지만 개인주의에 대한 거부는 말도 안 되는 일일까. 개인주의가 대세가 된 시대에 이런 이야기를 해봤자 씨알도 안 먹힐 거다. 세상의 물줄기를 혼자 힘으로 막거나 되돌리기는 불가능하다. 아무리 외쳐봐야 꼰대라는 반응밖에 안 돌아올 거다. 하지만 하나의 가치, 하나의 방식이 최선이자 정답처럼 여겨지는 사회는 또 다른 방식의 편향이고 억압 아닐까.

자신의 즐거움이 최고의 가치가 된 세상에서 나라고 나의 만족을 위해 아무것도 안 하는 건 아니다. 커피와 디저트를 사 먹고 맛집에 다니는 일, 아주 가끔 심사숙고해서 어울리는 옷을 사 입는 일, 멋진 여행지로 떠나는 일 모두 나의 만족과 행복을 위해 하는 일이다. 하지만 기쁨과 행복은 그 순간에만 찾아오지는 않는다. 행복은 부인님을 위해 편지를 쓰고 그가 환하게 웃는 모습을 볼 때 찾아오고, 거리에 선 사람들과 신나게 노래할 때 찾아오며, 내가 쓴 글이 누군가에게 감동을 줄 때 찾아온다. 그 순간 나는 내가 하찮은 사람이 아닐 수 있는 가능성을 찾아낸다. 나의 삶이 의미 있어지고, 내가 우리로 커질 가능성과 만난다. 세상과 맞설 수 있을 뿐 아니라 세상을 바꿀 수 있다는 놀라운 역량을 발견한다. 누구나 이런 순간이 있지 않을까.

자신만 챙기고 자신이 중심이 되는 삶은 이기적일 뿐 아니라 공허하다. 삶은 재미만이 아니라 의미로 함께 채워져야 한다. 하지만 요즘 세상에서는 재미만 도드라지는 것처럼 보인다. 게다가 그 재미는 전적으로 자신만을 위한 재미다. 세상이 이야기하는 요즘의 즐거움은 너무 한정적이며 소비와 유희 중심적이지 않은지.

그래서인지 열심히 일을 하면서 행복했다고, 또는 일을 통해 다른 사람을 행복하게 만들었다고 고백하며 그 경험을 나누는 사람은 찾기 어렵다. 그보다는 일을 하면서 상처받고 힘들었다는 이야기만 수두룩하다. 행복은 혼자 맛있는 안주에 시원한 맥주 한 잔 마실 때만 가능한 것처럼 여겨진다. 제주도라도 가지 않으면 만나지 못하는 파랑새 같다. 이런 세상이 얼마나 오래갈 수 있을까. 일은 그저 돈을 벌어 즐기기 위한 수단이자 견디는 시간의 연속일 뿐이고, 다른 방식의 재미나 재미 아닌 가치를 추구하는 사람들의 삶은 고생스럽고 외롭고 별나게 느껴지는 세상에서 누가 열심히 일을 하려 할까. 누가 돈이나 재미가 아닌 가치를 추구하려 할까.

물론 이러한 집단적인 삶의 태도를 통해 사회의 변화와 문제가 드러난다는 점을 부정할 수 없다. 시대에 따라 변화하는 가치관은 이전 시대에 부족했던 면모를 보완하기도 하고, 사람들이 이런 태도를 취하게 되는 이유가 뭔지 생각해보게 만들기도 한다. 사실 사람들이 취하는 삶의 태도는 인간이 이기적이어서가 아니라, 사회에 적응하고 살아남으려 자연스럽게 취하는 방어기제에 가깝다. 그래서 개개인에게 책임을 묻거나 비난하지 말고, 그 이유를 세심하게 살필 필요가 있다. 무한경쟁의 불평등 사회, 신자유주의, 가부장제, 능력주의 같은 한국사회의 조건을 감안하지 않으면 문제의 원인을 사회와 체제에서 찾지 않고 개개인에서 찾는 오류를 범하게 된다.

그럼에도 한 사람이 갖는 생각과 태도에 대해서만큼은 더 이야기해보고 싶다. 자신은 무조건 사랑해야 하는 존재, 세상 무엇보다 소중한 존재가 아니라 세상의 수많은 존재들 가운데 하나일 뿐이다. 절대로 상처받으면 안 되는 존재가 아니다. 자신조차 다 알 수 없고 마음대로 할 수 없는 존재, 어르고 달래고 싸우고 타협하며 공존해야 하는 존재다. 계속 의미를 불어넣어야 겨우 소중해지는 존재, 때때로 가련하고 불쌍하지만 자주 속 터지는 존재이기도 하다. 무조건 사랑해야 하는 존재, 반드시 사랑할 수 있는 존재는 아니다. 미운 정 고운 정 들어가며 어렵게 사랑하게 되는 존재다. 나는 그렇게 생각한다.

그러니 자신을 챙기는 데만 너무 애쓰지 않았으면 좋겠다. 자신만큼 다른 존재를 사랑하려고 애쓰면 좋겠다. 삶의 의미와 즐거움의 절반쯤은 다른 존재를 배려하고 사랑하는 자신의 모습에서 찾아내면 좋겠다. 그게 위선이라 해도 없는 것보다는 있는 게 백배 낫다. 위악이 위선보다 진실한 태도로 평가받는 세상은 위험하다. 아니 천박하다.

그러려면 지금처럼 불안한 세상이어서는 곤란하다. 성실하고 정직하게 일하고 나누며 살아가는 사람이 이상적인 사람이 되는 세상이기를 바란다면, 그렇게 살아가는 게 어렵지 않은 세상을 만들어야 한다. 소박한 꿈을 이루기 쉬워지고, 정의가 실현되어야 한다. 안전한 세상이어야 함은 물론이다. 착한 사람이 손해 보지 않는 세상이라고 확신할 수 있어야 한다. 생각해보라. 재테크를 하는 게 당연하고, 그렇게 해서 돈을 벌고 직장을 그만둔 사람이 부러워지는 세상에 어떤 미래가 있을까. 그런 세상에서는 나 개인의 즐거움에만 무게중심을 두는 세상이어서는 안 된다고 아무리 얘기해도 아무도 듣지 않을 것이다. 즐거움만 쫓는 사람이 힙해 보이는 게 아니라 조금은 부끄러워지는 세상인 게 낫다. 한쪽으로 무게추가 쏠린 세상에서 다 함께 행복해지기는 불가능하다. 지금 우리는 어떤 세상으로 가고 있는지. 어떤 세상을 만들고 있는지.

대통령 윤석열과
함께 듣고 싶은 노래 세 곡

윤석열 대통령에게 음악을 추천하고 싶다. 사실 당신이 음악을 얼마나 좋아하는지 어떤지는 모른다. 송창식의 〈우리는〉과 이승철의 〈그런 사람 또 없습니다〉를 좋아한다는 사실만 알고 있을 뿐이다. 미안하다. 그래도 같이 듣고 싶은 노래, 같이 듣지는 않더라도 당신이 들어주었으면 하는 노래 몇 곡을 적어본다. 사실 요즘 모습을 보면 음악을 추천하기보다는 혼을 내고 싶지만, 음악이 내 마음을 대신해줄 수 있지 않을까.

　　노래를 소개하기 전에 몇 가지 부탁을 먼저 드리고 싶다. 별건 아니다. 남은 임기 동안 대통령직을 수행하면서 자주는 아니더라도 이따금 공연장에 앉아 있는 모습을 보고 싶다. 아무리 바쁘더라도 좋아하는 음악을 듣기 위해 공연장에 앉아 있는 대통령을 보고 싶다. 정치적으로 필요하기 때문에 공연장에 앉아 있는 대통령 말고, 유명 음악인과 사진을 찍기 위해 공연장을 찾는 대통령 말고, 직접 표를 사서 공연을 보고 음악에 귀 기울이는 대통령을 보고 싶다. 그런 대통령만큼 음악인에게 사랑받는 대통령이 있을까. 송창식의 공연이어도 좋고, 이승철의 공연이어도 좋다. 뉴진스, 나윤선, 조성진의 공연이면 안 될 이유는 없다. 그동안은 주 120시간 동안 일하느라 바빠서 공연을 볼 시간이 없었더라도, 21세기의 대통령이라면 공연을 보기 위해 시간을 빼는 대통령, 자신의 음악 취향이 있는 대통령이길 바란다. 버락 오바마처럼 휴가 때마다 근사한 플레이리스트를 공개하는 음악마니아 대통령까지는 아니어도 괜찮다. 이젠 자신의 취향과 기호가 분명한 대통령을 가질 때도 되지 않았나 싶은데, 당신은 술 마시고 요리하는 것만 좋아하는 듯해 서운하다.

대통령직을 수행하는 동안 한국 대중음악에 대한 고정관념이 강해지진 않았을까. 케이팝은 한국을 빛낸 자랑스런 K-콘텐츠이고, 인디음악은 지원이 필요한 가난한 음악이라고 생각하지 않는 것만으로도 큰일 하는 대통령이 될 수 있다고 생각하는 이가 나만은 아닐 텐데, 당신은 문화예술 예산을 없애고 줄이는 데만 골몰하는 듯해 실망스럽다. 아울러 대통령을 지지하지 않는다고 손해를 보는 예술인이 생기는 일은 반복되지 않아야 한다는 신념을 우리가 똑같이 갖고 있을 거라 믿고 싶은데, 당신은 싱어송라이터 이랑의 사건을 알고 있는지. 대한민국은 민주공화국이고, 당신은 민주공화국의 대통령이며, 블랙리스트가 존재했던 역사는 반드시 끝내야 하는데, 이런저런 검열이 끝나지 않는 이유는 무엇 때문이라고 생각하는지 당신과 술을 마시면서라도 물어보고 싶다.

어쩔 수 없이 가장 먼저 들어주었으면 하는 노래는 이랑의 〈환란의 세대〉다. 확실하진 않지만 아마도 당신은 들어보지 못했을 가능성이 높은 이 노래에 열광하는 이들이 많다. 이 노래를 들으며 눈물 흘리고, 가슴을 쓸어내리는 이들이 적지 않다. "우리가 먼저 죽게 되면 / 일도 안 해도 되고 / 돈도 없어도 되고 / 울지 않아도 되고 / 헤어지지 않아도 되고 / 만나지 않아도 되고 / 편지도 안 써도 되고 / 메일도 안 보내도 되고 / 메일도 안 읽어도 되고 / 목도 안 매도 되고 / 불에 안 타도 되고 / 물에 안 빠져도 되고 / 손목도 안 그어도 되고 / 약도 한꺼번에 엄청 많이 안 먹어도 되고 / 한꺼번에 싹 다 가버리는 멸망일 테니까"라는 노랫말이 당신에게 어떻게 다가올지 모르겠다. "더 이상 구조적인 성차별은 없다"+고 생각하는 당신에게는 이 노래가 생뚱맞거나 억지스럽게 느껴질지 모르겠다.

하지만 이런 노래가 나오고, 이런 노래에 반응하는 이들이 많은 현실은 당신이 알고 있는 현실이 현실의 전부가 아니라는 증언이고 호소다. 대통령은 한쪽의 목소리만 듣는 자리가 아니고, 모두의 목소리를 들어야 하는 자리라고 배웠다. 당신은 자기편에만 갇혀 지내는 것처럼 보이지만, 그래서 이랑

+   김현빈, 〈윤석열 "내가 보복정치? 죄지은 민주당 사람들 생각일 뿐"
    [인터뷰]〉, 《한국일보》, 2022.2.7.

이 이 노래를 부르지 못하도록 막은 것처럼 보이지만, 앞으로 3년만큼은 누구의 목소리도 외면하거나 내치지 않는 대통령의 모습을 보고 싶다. 우는 이들 곁에서 함께 눈물 흘리며 손수건을 건네는 대통령이 되면 안 되는지.

같이 듣고 싶은 두 번째 곡은 〈임을 위한 행진곡〉이다. 아마 여러 번 들었을 것이다. 어쩌면 이 노래를 안 좋아할 것 같다는 짐작은 나의 편견일까. 그래도 이 노래를 뭐하러 듣느냐고 눈을 부라리지는 않으셨으면 좋겠다. 당신이 대통령 후보 유세를 할 때 문재인 정부를 마음껏 비판할 수 있었던 이유도 바로 이 노래를 부르며 싸워왔던 이들 덕분이기 때문이다. 이 노래를 몰랐더라도 자신의 권리와 삶을 지키기 위해 싸워온 이들의 역사가 한국의 현대사 아닌가. 그 소중한 역사를 친북/반미라는 프레임으로 내치지 않았으면 좋겠다.

당신을 지지했거나 지지하지 않았거나 한국 시민 다수는 민주주의와 인권을 지키려는 수많은 이들의 피땀 눈물이 오늘 한국을 더 나은 나라로 만드는 데 기여했다고 믿는다. 그럼에도 한국에는 아직 부족한 것이 많다고 생각한다. 그러니 가끔이라도 〈임을 위한 행진곡〉을 들으면서 그 부족함을 어떻게 채울 수 있을지 고민하는 대통령이기를 바란다.

사실 지난 2년간 당신이 보여준 모습은 실망스럽기만 하다. 당신이 사나이이거나 큰형 같은 배포 큰 사람인 줄 알았다. 아니, 그렇게 구태의연한 남성 서사를 동원해 말하지 않더라도 생각이 다른 이들의 손도 얼마든지 잡을 수 있는 대통령이면 좋겠다고 생각했다. 당신이 민주와 평등을 실현하는 대통령으로부터 너무 멀어진 게 아닌지 걱정스럽다. 남은 3년이 지난 뒤 내가 착각했다고 사과하게 만들어주면 좋겠다.

마지막으로 함께 듣고 싶은 노래는 시인과 촌장의 〈풍경〉이다. "세상 풍경 중에서 제일 아름다운 풍경 / 모든 것들이 제자리로 돌아가는 풍경"이라는 노랫말을 한 번쯤 들어보았을 터. 코로나19 팬데믹과 기후위기로 인해 우리의 삶은 계속 변하고 있다. 자의가 아니라 타의에 의한 변화다. 그렇다고 코로나19 이전의 삶, 2019년 이전의 삶으로 돌아가기를 바라지 않는다. 우리가 가야 할 '제자리'는 그 자리가 아니다. 이 노래는 자신의 본분을 지키자는 노래가 아니다.

노래 속의 '제자리'는 일을 마친 노동자들이 무사히 집으로 돌아와 저녁을 먹는 자리이고, 여성들이 경력단절당하지 않고 웃으며 일하는 자리이며, 수도권으로 떠났던 이들이 고향으로 돌아와 익숙한 삶을 이어가는 자리다. 사람 아닌 생명들도 사라지지 않고 머무는 원래 자리, 지향과 정체성이 다른 이들도 자연스럽게 자신을 드러낼 수 있는 자리다. 부디 당신이 모든 것들을 제자리로 돌리는 데 일조하고, 박수받으며 당신의 자리를 찾아갔으면 좋겠다. 3년은 한 사람에 대한 평가를 바꾸기에 충분히 길고, 박수받으며 돌아가는 대통령은 많을수록 좋다.

이태원참사,
그 후의 몇 가지 생각들

2022년 10월 29일 밤 이태원에서 참사가 벌어졌다. 2년의 시간이 흘렀지만 그날의 충격과 슬픔에서 빠져나온 사람이 몇이나 있을까. 그래서인지 아직까지 이태원참사의 '추모곡'을 떠올리지 못한다. 2014년 세월호참사 후에는 〈천 개의 바람이 되어〉를 비롯한 노래들로 미어지는 마음을 표현했는데, 음악으로 이태원참사를 추모한 사람은 아직 드물다. 할로윈데이로 북적이는 이태원에 모였던 청춘을 생각하면 그들이 좋아했을 일렉트로닉이나 힙합으로 못다 한 삶과 안타까운 죽음을 위로해야 할 것 같은데, 충격과 슬픔이 너무 무겁게 느껴질 때에는 차마 음악을 고르기 어렵다. 슬픔에서 조금이라도 빠져나올 수 있을 때, 슬픔을 지켜볼 수 있을 때, 그제야 음악을 만들어 추모할 수 있다. 2년의 시간이 흐르는 동안 노래를 만들어낸 음악인이 있긴 했지만 이태원참사의 상징은 아직 노래가 아니다. 보라색 리본 모양뿐이다.

　유가족들이 통곡하며 싸우고 시민사회가 연대했는데도

이태원참사 특별법이 만들어지는 데만 1년 반이 걸렸다. 추모는 시작도 하지 못한 셈이다. 추모는 진상을 밝히는 일과, 책임자를 찾는 일과, 처벌하는 일과, 시스템을 보완해 새롭게 만드는 일과 함께 계속 이어져야 한다. 이 과정에서 안타깝게 죽어간 이들을 어떻게 호명할지 정하고, 그들을 기억하는 언어와 상징을 만드는 일은 추모의 가장 중요한 과정 중 하나다. 하지만 이 가운데 마침표를 찍을 수 있는 일은 아직 없다.

갈 길이 먼 오늘, 세월호참사 후 노란 리본과 〈진실은 침몰하지 않는다〉라는 노래가 우리를 얼마나 단단하게 묶어주었는지 떠올려보면 어떨까. 2022년 젊음의 언어로 그들의 안타까운 죽음을 추모하고 다시는 이런 일이 벌어지지 않도록 다짐하는 상징이 만들어지고 널리 퍼져나가야 하는 이유를 공감할 수 있지 않을까. 무책임한 행정과 무능력한 정치의 참상을 오래오래 잊지 않고 기억할 수 있게 하는 상징이 필요하다. 〈임을 위한 행진곡〉이 아니고, 〈다시 만난 세계〉도 아니고, 〈헌법 제1조〉와도 다른 노래가.

이태원참사 직후 음악인들의 태도는 예전과 달랐다. 정부와 지자체/기업 등은 다른 사회적 참사/재해 때 그랬듯 이태원참사 이후 계획되어 있던 공연, 축제, 행사 등을 취소하거나 연기했다. 그런데 다른 참사 때와 달리 상당수 음악인들의 반대 의견이 소셜미디어에 올라왔다. 김마스타, 김재훈, 생각의 여름을 비롯한 여러 음악인들은 왜 다른 업종에서는 일을 중단하지 않는데 콘서트와 공연은 당연히 취소해야 하냐고 반문했다. 음악으로 추모할 수 없느냐고, 음악으로 위로할 수 없느냐고 항변하면서 예정한 공연을 무거운 마음으로 열거나 중단했다.

생각해보면 장례나 종교 행사에서 음악은 빠지지 않는다. 음악이 얼마든지 위로하고 추모할 수 있기 때문이다. 그럼에도 유사한 일이 있을 때마다 당연하다는 듯 콘서트와 공연을 취소하는 모습은 음악/예술을 유희나 흥을 위한 도구 정도로밖에 여기지 않는 우리 사회의 편견과 무관하지 않다. 케이팝이 전 세계에서 각광을 받을 때는 국정 홍보의 도구로 무한 활용하면서, 참사/재해 때는 무조건 멈추라 하는 태도는 음악을 국가의 장식이나 놀이로만 생각하는 천박하고 상업적인 발상이 아니라면 불가능하다.

상당수 음악인과 음악 팬들이 비슷한 문제의식을 공유한 이유는 이뿐만이 아니었다. 많은 음악인들은 세월호참사를 비롯한 사회적 위기 때마다 창작곡을 만들거나 추모공연/집회에 동참하면서 예술의 사회적 역할을 다하려 노력했다. 그렇지만 코로나19 팬데믹 시기 우리 사회는 음악인/예술인들에게 얼마나 가혹했던가. 다들 식당에서 마스크를 벗고 음식을 먹고 출퇴근길 대중교통에서 매일같이 다닥다닥 붙어 있는데, 관객 전원이 마스크를 쓰고 침묵을 지키는 공연은 좀처럼 열지 못하도록 막았다. 합리적이지 않은 행정이 이어지는 동안 많은 음악인들과 음악계 종사자들이 음악을 중단하고 생계를 포기했다. 그럼에도 보상은 변변치 않았다. 그런데 또다시 무조건 멈추라는 식으로 일방적인 희생을 강요하니 공감하지 못하고 반발한 것이다. 누구라도 그럴 수밖에 없는 일이다.

사회적 참사나 재해 때 모든 공연을 멈출 수도 있다. 하지만 선택은 자발적이어야 한다. 음악인에게는 공연이 추모의 방식일 수 있다. 추모의 방식을 일방적으로 정하고 이를 강요해서는 안 된다. 더군다나 제대로 추모하지 못하는 이들은 음악인/예술인이 아니라 대통령과 서울시장, 용산구청장, 경찰청장, 그리고 조회수 올리기에 급급한 일부 매체와 몰지각한 이들이다. 그들은 지금까지 예술인이나 시민들이 아파하는 것만큼 아파하는 모습을 보여준 적이 없다. 이태원참사가 조작 가능성이 있다는 대통령의 말은 사실이 아니라고 믿고 싶을 만큼 끔찍하다. 공감 능력이라곤 없는 몰인정하고 몰상식한 이들이 음악과 예술로 위로하고 추모할 수 있다는 사실을 알긴 할까. 제대로 위로하고 추모하지 않는 이들에게 노래는 벼락처럼 떨어지는 천벌이 되어온 역사를 알고 있을까. 역사의 수레바퀴는 때때로 천천히 굴러갈지라도 결코 멈추지 않는다. 노래는 그 곁을 떠난 적 없다.

불편하지 않은 배움은
불가능하다

모 기관에서 강의를 한 다음 담당자에게 메일을 받은 일이 있다. 2022년 3월 9일 제20대 대통령선거 다음 날 강의였는데, 내가 윤석열 당선 소식을 탐탁지 않아 했던 모양이다. 그게 못마땅했는지 한 수강생이 전화를 했단다. 담당자는 자신은 괜찮았다면서도, 이런 일이 있었다고 알려드려야 할 것 같다고 했다. 한번 생각해봐달라 했다.

메일을 받자마자 담당자에게 전화를 했다. 혹시 지금 얘기가 강의 때 누구라도 불편할 수 있는 이야기를 아예 하지 말아달라는 의미인지 궁금했다. 딱히 그런 건 아니라 했다. 다만 담당자의 입장에서는 이런 반응이 있었다는 사실만큼은 전달해야 한다고 생각한 모양이었다. 당시에는 알겠다 하고 말았는데, 사실 그런 이야기를 들으면 조심스러워진다. 먹고살아야 하기 때문이다. 이런 일이 빌미가 되어 일이 줄어드는 건 아닌지 걱정을 안 할 수 없다. 그럼 다른 곳에서 강의하면 된다고 생각할 수도 있겠지만, 유명인이 아닌 나는 배짱 같은 건 내버린 지 오래다.

　강의를 하는 사람은 아무 이야기나 해도 된다고 우기려는 게 아니다. 사실 강의실에서는 권력 관계가 명확하다. 대개 권력은 강사에게 있다. 강사는 해당 분야의 전문가이며, 강의를 듣는 이들은 그의 권위를 인정하고 존중해서 강의를 듣는다. 그렇다고 수업을 듣는 이들이 약자는 아니다. 마음에 들지 않는 이야기는 반론할 수 있다. 틀린 이야기, 옳지 않은 이야기는 항의하는 게 당연하다. 수강생/학생들의 목소리가 모이면 막강한 힘이 되기도 한다.

　그런데 담당자와 나눈 이야기는 이것만이 아니었다. 그날 강의에 항의를 한 사람이 정확히 어떤 부분을 못마땅해했는지 알 수 없지만, 내 생각에는 누군가를 불편하게 하지 않는 강의가 좋기만 할까 싶었던 탓이다. 이미 알고 있고, 좋아하고, 자신의 가치관과 충돌하지 않는 이야기만 들으려 한다면 새로운 배움이 어떻게 가능할까 의문스러웠다. 배운다는 건 모르는 세계, 다른 세계와 만나는 일이다. 모르거나 다른 세계는 불가피하게 자신의 생각이나 취향과 다르기 마련이다. 물론 누군가는 불편할 수 있다. 하지만 그 불편함은 일종의 통과의례 같은 것 아닐까. 그 불편함을 무조건 견디라고 강요할 수는 없지만, 어떠한 불편함도 느끼지 않고 싶다면 우물 안에 머물러 있는 수밖에 없지 않을까.

　살다보면 끊임없이 가치관과 감정이 흔들리는 경험을 하

게 된다. 모른다는 것을 깨닫거나, 다른 생각과 존재를 인지하는 일이야말로 배움의 시작이다. 그런 만남과 충격이 있어야 세상의 중심이 내가 아니고, 자신 밖의 세계가 있음을 인정하게 된다. 그래야 자신이 세계의 어디쯤에 서 있는지 정확하게 위치지을 수 있다.

물론 그 경험이 반드시 불편하거나 불쾌할 필요는 없다. 기분 나쁘지 않게, 친절하게 설명해주면 좋을 일이다. 그날 내가 불편하지 않게 할 수 있는 이야기를 쓸데없이 불편하게 전했을 가능성도 있다. 하지만 만약 그렇지 않았는데도 불편함을 느꼈다면, 그 불편함을 반드시 누가 책임지고 사과해야 할까. 어떠한 불편함도 없이 전달해야만, 아니 애초에 불편하지 않을 만한 이야기를 전달해야만 좋은 강의일까.

요즘 우리는 모든 순간마다 자신이 중심이 되고, 상대는 항상 자신에게 맞춰주기를 바라는 게 아닐까. 자신의 기분이 상하지 않는 이야기만 듣거나, 상대가 항상 다정하고 친절하기를 바라는 마음이 커진 건 아닐까. 실제로 그날 내가 했던 강의는 일반 시민들을 대상으로 하는 무료 강의였고, 청중은 대부분 중장년 시민들이었다. 그중에는 분명 나와 다른 생각을 가진 분도 있었을 것이다. 그렇다고 내가 갖고 있는 생각을 숨기거나 순화해 이야기하는 일이 최선일까.

언젠가부터 정치적인 경계선을 따라 선명하게 진영이 갈라져버린 한국사회에서는 사람들이 좀처럼 자신과 다른 의견을 들으려 하지 않는다. 온라인이나 오프라인에서 같은 의견을 가진 이들끼리만 만난다. 의견이 맞는 사람들끼리 대동소이한 판단과 공감을 반복하며 살아간다. 그러다보니 싸울 일이 별로 없다. 사람들은 갈수록 의견과 취향의 차이 때문에 기분이 상하는 일을 피하려 한다. 그렇지 않고서야 자신과 의견이 다르다고 소셜미디어의 네트워킹을 끊는 일이 빈번하게 일어날 이유가 없다.

누군가의 장광설과 강요를 견뎌야 하는 상황도 문제지만, 다른 사람의 목소리에 귀를 막는 태도 역시 문제다. 동굴 속에서만 가능한 평화와 화합은 가식일 뿐이다. 다른 의견과 존재의 불편함을 감당하지 않는 세상은 민주주의사회일 수 없다. 그런 세상에서는 자신과 다른 존재에게 친절하기 어렵다. 실제로 우리 사회는 좁은 '공감'과 '정상'의 범주에서 벗어난 존재에게 얼마나 배타적이고 불친절한가.

죄송하지만 나는 계속 누군가를 못마땅하게 하는 강의를 할 수밖에 없다. 다만 마음을 열고 들어달라고 간곡하게 부탁드리면서. 최대한 다정하게 말하려고 애쓰면서. 다른 의견을 어떻게 존중할까 고민하면서. 항의 전화를 받을 때마다 움찔움찔 당황하면서.

모든 것은 지나간다지만

이제 민중가요의 시대는 끝난 것일까. 민중가요 진영의 전업 음악인은 채 백 명이 되지 않고, 그들이 발표하는 새 음반 또한 한 해에 다섯 장에 미치지 못하는 시간이 길어지고 있다. 대학 과 노동조합의 민중가요 노래패 역시 희귀해졌다. 아직도 집 회장에는 꽃다지, 문진오, 손병휘, 연영석, 지민주 같은 민중가 수의 연대공연이 울려퍼진다. 하지만 집회에서 들을 수 있는 노래는 민중가요만이 아니다.

2008년 광우병 소고기 수입 반대 촛불 문화제 이후 시민 사회단체의 행사와 집회에서는 민중가수보다 인디음악인들 의 노래를 더 자주 들을 수 있게 되었다. 이승환, 전인권 같은 유명 음악인이 무대에 오르는 일은 더 이상 드물지 않다. 김목 인, 야마가타 트윅스터, 예람, 이랑, 황푸하를 비롯한 싱어송 라이터와 허클베리 핀 같은 밴드들이 연대공연을 펼치는 일 또한 흔하다. 그들의 노래 중에는 민중가요의 문제의식과 다 르지 않은 노래가 적지 않다. 투쟁이나 해방, 인권이라는 단어를 사용하지 않아도 어떤 노래는 사회 현장에 잘 녹아든다. 세월호 유가족들이 부활의 〈네버 엔딩 스토리〉를 부르고, 이승환이 〈물어본다〉를 열창할 때에는 막막한 이들을 위로하고 다짐하기 위해 미리 알고 노래를 만들었나 싶을 정도다. 노래의 간절함과 진실함은 금세 다른 간절함과 진실함을 품고 녹아든다.

많은 음악인들이 사회적 의제를 담은 노래를 부르고 현장에 연대하는 모습은 얼마나 반가운 변화인지. 권력의 검열과 탄압 때문에 뜻이 있고 마음이 있어도 감춰야 했던 시대는 비극이었다. 자신의 내면을 숨기고 사회에 대한 비판을 삼켜야 했던 시대의 노래는 자유를 잃고 갇힌 수인囚人이나 마찬가지였다. 다행히 이제는 다양한 장르와 어법으로 평등과 인권과 연대를 노래할 수 있어 노래를 만들고 듣는 이들의 영혼이 모두 충만해졌다.

하지만 요즘 민중가수들이 인디음악인들만큼 집회와 행사 무대에 서지 못하는 모습을 보면 마음이 쓰리다. 수십 년 동안 풍찬노숙하며 현장을 지켜왔는데, 이 무대마저 서지 못하면 어디로 가야 할까. 오래도록 민중가요를 듣고 불러온 탓에 그들의 창작과 활동이 계속 활기차게 이어졌으면 좋겠는데, 활동이 뜸해지는 현실은 마음을 아리게 한다.

왜일까. 〈임을 위한 행진곡〉을 알고 있는 이들은 숱하게 많고, 아무도 민중가요의 가치와 의미를 부정하지 않을 텐데 왜 그들의 활동은 듬성듬성해졌을까. 심지어 2022년 차별금지법 제정을 위한 연대회의에서 노래를 만들어 챌린지 캠페인을 하자고 할 때도 인권활동가들은 캠페인송 만드는 역할을 민중가수 대신 인디음악인 9와 숫자들에게 맡기자 했다.

사실 민중가요를 모두를 위한 노래라고 하기는 어렵다. 민중가요는 운동권이라는 결사체를 위한 노래였으니 말이다. 그들이 결의하고 투쟁하고 꿈꾸기 위한 노래였다. 그래서 통일, 자주, 반미, 평등이라는 관념적 단어를 수시로 사용했고 노래를 부르며 반성하고 결심했다. 1980년대부터 1990년대까지 대학과 노동조합의 문화를 주도한 운동권의 영향력은 일반 대학생과 노동자들까지 민중가요를 친숙하게 느끼도록 만들었지만, 그 영향력이 운동사회 바깥으로까지 이어진다고 보기는 어려웠다. 학생운동과 노동운동이 활발하던 시절 운동권 생태계 안에서 뿌리내리고 열매 맺을 수 있었다고 보는 게 정확하다.

한총련을 중심으로 한 학생운동이 쇠락하고, 시위 문화가 시민 다수가 참여하는 촛불집회 형식으로 바뀌면서 민중가요는 생산과 향유의 기반을 잃었을 뿐 아니라, 집회에서도 대중적인 노래를 부르는 이들에게 자리를 비켜주어야 했다. 대부분의 촛불집회는 시민사회단체에서 판을 준비했는데, 운동권과 활동가의 목소리만으로 채울 수는 없었다. 촛불집회에는 운동권 문화에 익숙하지 않은 이들도 많이 참여했고, 시위를 준비하는 단체 입장에서도 그들의 감성을 감안해야 했다. 선언보다 설득이 필요했다. 비분강개해야 할 때도 있었지만, 관념적인 단어를 사용하며 목소리를 높이기보다 익숙한 어법을 사용해 자연스럽고 재치 있게 받아치는 목소리가 더 호응을 얻었다.

오랫동안 민주와 평등을 노래해온 민중가수들이 변화한 집회 분위기에 어울리는 역할까지 잘해냈으면 얼마나 좋았을까. 아쉽게도 그동안 해왔던 어법과 다른 스타일을 선보이기는 쉽지 않다. 감각을 새롭게 확장하는 일은 보통 어려운 일이 아니다. 한 사람의 감각은 자신의 세대에 따라 고정되어 있는 경우가 대부분이다. 대개 1980~1990년대에 만들어진 민중가수들의 감각은 그 시대에는 유효하고 적절했어도, 시간이 흐른 지금에는 트렌디하거나 생생할 리 없다. 민중가요의 어법이 친숙한 이들에게는 효과적일 수 있지만, 그 어법이 생경한 이들의 마음까지 움직이기는 역부족이기 마련이다.

게다가 중장년이 된 민중가요 음악인들의 상황도 녹록지 않았다. 음악 작업과 실험에만 몰두할 수 있는 형편이 아니다. 새로운 민중가수들이 등장해 현재의 다른 어법으로 노래하면 새로운 세대, 다양한 대중에게 말을 걸 수 있었을 텐데, 2000년대 이후의 대학사회에는 민중가요를 만들고 부르는 이들이 드물었다. 젊고 새로운 음악인이 충원되지 못하는 민중가요 진영에는 수십 년째 노래하는 백전노장들만 남았다. 민중가요는 운동권 경험이 있는 40~50대 이상에게만 먹히는 노래로 늙어가는 신세가 되어버렸다. 민중가요 음악인의 진심과 노력이 부족해서가 아니었다. 시간이 흐르고 민중가요의 생태계가 무너졌으며 집회 문화가 달라진 탓이었다.

이런 상황이 계속된다면 민중가요를 사랑했던 이들이 세상을 떠난 후에는 그토록 많은 이들이 부르던 뜨거운 노래들도 다 잊힐지 모른다. 사랑도 명예도 이름도 남김없이 싸우다가는 일이 민중가수의 숙명이고, 노래는 민중가요와 다른 방식으로 이어지겠지만, 간절했던 노래, 자신의 모든 것을 다 내던져 운동에 바치려 한 노래, 이 땅의 근본적 문제와 싸우려한 노래를 더 이상 들을 수 없다고 생각하면 쓸쓸해진다. 어떤 노래는 멈추지 않았으면 좋겠는데, 민중가요가 품은 태도와 표현의 소멸과 단절을 지켜보는 일은 고통스럽다. 영원한 건 없고 모든 것은 지나간다지만, 역사는 단절을 통해 전진한다지만.

소소한 즐거움이
삶의 전부일 리 없다

요즘에는 거대담론이 인기가 없다. 인기가 없어진 지 이미 오래되었다. 사람들은 시대, 인류, 진보 같은 거대담론보다 일상을 더 많이 이야기한다. 일상의 사소함이 가장 소중하다 말하고, 소소한 행복이 삶을 지킨다고 한다. 예술에서도 일상을 이야기하는 작품이 더 사랑받는 것처럼 보인다.

하지만 나는 이런 흐름이 썩 내키지 않는다. 세상을 배우고 삶의 태도를 세우기 시작했을 때, 개인의 삶보다 민중의 삶과 조국의 운명이 중요하다고 배운 탓이다. 내가 행복한지 행복하지 않은지는 괘념치 말고, 자신의 모든 것을 변혁을 위해 바치며 살아야 한다는 이야기에 마음을 빼앗겨버린 탓이다. 어떤 청춘은 이렇게 길들여졌다.

물론 어설프고 이기적인 내가 그렇게 살았을 리 없다. 조금만 바람이 불어도 흔들리기 일쑤였다. 그때마다 정신을 잃고 낯선 곳에서 깨어나곤 했다. 다만 심장에 새기고 또 새긴 다짐을 배반할 순 없었다. 슈퍼에고 같은 결심은 스스로 난파시

킨 나를 번번이 같은 자리로 되돌려놓으며 한숨 쉬곤 했다. 시간이 많이 흘렀어도 그때 세운 삶의 기준은 어딘가에서 나를 응시한다.

그래서인지 거대담론과 일상을 분리하고, 사회적 삶보다 개인적 삶의 편을 들어주는 태도에 흔쾌히 동의하지 못한다. 혼자만의 시간이 중요하고, 쉴 때는 쉬어야 한다는 것은 안다. 누구도 사생활 없이 살아갈 수 없다는 사실에 동의한다. 실제로 거대담론 차원의 변화는 쉽게 일어나지 않아 좌절하게 하지만, 일상의 변화는 상대적으로 쉬워 빠르고 확실한 기쁨을 선사한다. 내 경우 좋아하는 빵을 먹기만 해도 웃음이 나온다. 반면 거대담론 차원의 변화가 일어난다 해도 나의 불안과 외로움은 그대로일지 모른다.

일상의 사소함을 강조하는 이들이 사회적 삶과 개인적 삶을 완전히 분리하려는 건 아닐 것이다. 세상과 담쌓고 일상에만 몰두하려는 것 또한 아닐 것이다. 사회적 삶과 거대담론에 주목하는 이들도 먹고 자고 입는 재생산노동을 해야 한다. 혼자만의 즐거움에 빠져들기도 해야 할 것이다.

그렇지만 나는 여전히 개인의 기쁨과 슬픔이 사회와 무관하기 어렵다는 이야기에 밑줄을 죽죽 긋는다. 어떤 사회인지에 따라 개인의 삶은 엄청나게 달라질 수 있다는 이야기에 형광펜을 칠한다. 그래서일까? 현실을 비판하고 체제에 저항하는 작품에 가장 귀가 쏠린다. 조선시대에 여성으로 태어난 사람과 지금 여성으로 태어난 사람의 삶은 얼마나 다른가. 노동자의 삶은 정부의 고용, 노동, 임금, 복지 정책과 무관할 수 없다. 코로나19 팬데믹 시기 20~30대 여성들의 자살률이 높아진 현실도 마찬가지다. 곁에 있는 누군가가 나를 힘들게 하기도 하고, 자신이 자신을 가장 괴롭히기도 하지만, 세상이 한 사람의 행복과 불행을 결정하는 일도 허다하다.

일상의 소소함에 유독 주목하는 최근의 경향이 불편하고 이따금 화가 나는 이유다. 이렇게 생각하는 건 내가 옛날 사람이기 때문일 거다. 한때 엑스세대였으나 어느새 옛날 사람이 되어서 세상의 변화에 적응하지 못할 뿐 아니라, 세상의 변화를 못마땅해하며 꼰대 티를 내는 거다. 하지만 특정한 태도가 주류가 된다 해도, 다른 태도를 가진 사람이 무조건 틀린 것은 아닐 거라고, 반드시 모두가 그 흐름을 따라가야 하는 것은 아닐 거라고 변명해본다.

궁금하다. 왜 사람들은 일상의 사소함을 더 중요하게 생각할까. 세상이 충분히 바뀌지 않았기 때문일까. 앞으로 자신이 원하는 만큼의 변화가 이루어질 수 있을지 낙관하기 어렵기 때문일까. 모르겠다. 이런 세상에서 일상을 다 의미 있는 일에 쏟아부어야 한다고 말해봐야 귓등으로도 안 들을 게 뻔하다. 실은 나도 그렇게 살지 못했다. 그럼에도 개인적인 삶이 삶에서 가장 중요하고, 개인적인 삶을 챙겨야만 영혼이 위로받고 충만해진다는 얘기는 여전히 수긍하지 못한다.

사회적 삶은 전혀 즐겁지 않아서 행복이 개인적이고 사소한 순간에만 있을 리 없다. 자신이 맡은 일을 성실하고 완벽하게 해냈을 때, 자신의 존재가 세상에 필요하다고 느껴질 때의 만족감과 행복감은 무엇도 대체할 수 없다. 그 순간 자존감이 채워지고, 삶의 의미를 찾을 때도 많다. 쉼 없이 사는 것은 고단하고 어려운 일이지만, 어떤 사람들은 자신의 삶을 송두리째 타인을 위해 쓰기도 한다. 나는 그것이 희생이라고 생각하지 않는다. 개인의 욕망을 억압한 삶, 자유롭지 않은 삶이라 보지 않는다. 삶의 형태와 지향은 다양하다. 누군가는 사회적 삶, 대의를 위해 헌신하는 삶으로도 자유롭고 충만할 수 있다. 개인의 삶과 일상이 중요해도 그것만으로 삶을 채울 수는 없다. 지금 일상의 소소함을 강조하는 방식은 삶의 균형을 맞추려는 일일 수 있지만, 다른 방식의 삶을 저평가하는 또 다른 방식의 편향일지 모른다.

아니다. 솔직히 말하자. 나는 사람들이 지금보다 공공의 삶에 더 많은 열정을 쏟기를 바란다. 숭고하고 귀한 가치를 위해 헌신하는 이들이 늘어나기를 꿈꾼다. 이 또한 강요할 수 없는 일이고, 그것이 정치에 대한 과몰입으로 나타난다면 또 다른 문제이며, 서로 다른 삶의 형태를 고르게 존중하면 좋겠다고 생각하면서도 나는 여전히 특정한 삶의 태도가 더 의미 있고 멋지다고 생각한다. 그래서 다른 이들이 개인의 삶과 일상의 즐거움을 옹호할 때, 나는 거대담론과 공공의 삶에 무게를

싣는 사람으로 살다 가고 싶다. 그런 태도를 공공연하게 드러
냄으로써 한쪽으로 쏠려버린 시소의 균형을 맞추고 싶다. 지
향하는 가치를 삶으로 실현하고 증명하는 사람이고 싶다. 소
소한 즐거움이 삶의 전부일 리 없다고 오늘도 호시탐탐 깃발
흔들 기회를 엿본다.

에필로그

계속 만나기를 바라며

이렇게 책의 마침표를 찍습니다. 이번 책을 준비하면서도 이런 저런 일을 겪어야 했고, 여러 사람의 도움을 받아야 했습니다. 책을 만드는 일은 늘 저의 현재와 마주하는 일이고, 에필로그는 이정신님과 이다연님, 전성원님을 비롯한 고마운 분들에게 감사드릴 수 있는 소중한 기회입니다. 오늘의 저를 만들어준 말과 글과 작품과 사람과 사건들에게 고마운 마음은 한결같습니다. 우리가 항상 연결되어 있지는 않지만, 우리가 만나지 못했다면 오늘의 제가 되지 못했음을 압니다.

책을 쓰고 만드는 일이 고달프거나 힘들지는 않습니다. 이 일이 만만하거나 호락호락하다는 생각은 버린 지 오래입니다. 한 권의 책을 통해 어떤 변화를 일으킬 수 있다는 기대도 내려놓았습니다. 누군가는 읽고 누군가는 읽지 않겠지요. 보고 듣고 읽고 즐길 거리가 무수히 많은 세상에서는 책 한 권을 끝까지 읽는 일도 기적입니다. 이렇게 책을 쓸 수 있다는 사실부터 축복입니다.

이 책이 누구에게 닿을지 알 수 없다는 막연함이 계속 쓰게

합니다. 쓰지 않으면 아무도 만나지 못합니다. 쓰지 않으면 생각과 표현을 정리할 수 없습니다. 미욱하고 고집스러운 생각이나마 모으고 쓰고 다듬고 펼치는 이유입니다. 생각하고 쓰고 말하는 일이 제가 오늘을 사는 까닭입니다. 변방의 평론가가 쓴 글이지만 이 책 속에 괜찮은 생각이 있다면 가져가시고, 더 나은 생각을 찾아내는 땔감으로 사용하시기 바랍니다.

　이 책에서는 개별 음반이나 곡에 대한 이야기보다 음악 자체에 대해, 음악과 예술을 대하는 태도와 자세에 대해, 그 태도와 자세에 스며 있는 시대에 대해 살펴보고 싶었습니다. 그에 대한 생각을 드러내고, 이야기를 나눠보자고 청하고 싶었습니다. 우리의 생각이 얼마나 같고 다른지 궁금합니다. 제가 놓치거나 오해한 건 무엇인지 알고 싶습니다. 저는 그게 궁금한 사람입니다. 실제로 이 책의 글들이 제 머릿속 생각의 절반이라해도 과언이 아닙니다. 이 생각에 도착하고 드러낼 수 있기까지 50년이 걸렸습니다. 이 책은 저의 수줍고 부끄러운 용기입니다.

　하지만 이 책을 낸 다음 저의 생각과 표현은 또 어딘가로 떠나가겠지요. 어떤 생각은 꿋꿋이 지키고 싶지만 평생 같은 생각만 하면서 살아가고 싶진 않습니다. 고집과 변화 속에서 이번 책의 원고들이 만들어졌듯 시간이 흐르면 또 다른 글과 책이 태어나지 않을까요. 눈치 없는 평론가의 말과 글이 앞으로 어떤 발자국을 남길지 저도 궁금해집니다. 그러니 계속 만나기를 바랍니다. 모두의 건강과 평화를 빕니다. 고맙습니다.

눈치 없는 평론가

초판 1쇄 펴낸날	2024년 10월 22일
지은이	서정민갑
펴낸이	박재영
편집	임세현·이다연
마케팅	신연경
디자인	조하늘
제작	제이오
펴낸곳	도서출판 오월의봄
주소	경기도 파주시 회동길 363-15 201호
등록	제406-2010-000111호
전화	070-7704-5240
팩스	0505-300-0518
이메일	maybook05@naver.com
X(트위터)	@oohbom
블로그	blog.naver.com/maybook05
페이스북	facebook.com/maybook05
인스타그램	instagram.com/maybooks_05
ISBN	979-11-6873-128-8 03810

만든 사람들

책임편집	이다연
디자인	조하늘